Gabriela Kasperski

Juwelenraub im Schneepalast

Ein Fall für Libby Andersch

Kriminalroman

ALIBI

Ein Alibi-Buch bei Dörlemann

Neptunstrasse 20, CH-8032 Zürich
verlag@doerlemann.ch
www.doerlemann.ch
GPSR-Kontakt: Schöffling & Co. Verlagsbuchhandlung GmbH,
Kaiserstraße 79, D-60329 Frankfurt am Main
info@schoeffling.de

Lektorat: Susann Säuberlich
Covergestaltung und Satz: Lara Flues
Covermotiv: © La Jonx Atelier Graphique | www.la-jonx.ch
Druck und Bindung: Friedrich Pustet, Regensburg
Auch als E-Book erhältlich
ISBN 978 3 03820 181 6

Für meine Söhne!

Diamonds are forever …
Titelsong von Shirley Bassey aus dem gleichnamigen
James-Bond-Film (1971)

Die über achtzigjährige Witwe des Malers Wassily Kandinsky wurde am 2. September 1980 in ihrem Gstaader Chalet Esmeralda ermordet, ihr Schmuck wurde geraubt und der Fall von den Behörden nie gelöst. Diese Vorkommnisse liegen dem Roman *Juwelenraub im Schneepalast* zugrunde. Alle Ereignisse und Personen in der Geschichte sind jedoch frei erfunden. Ähnlichkeiten mit Institutionen oder lebenden und toten Personen sind nicht beabsichtigt.

1

Am Freitagmorgen um kurz vor elf Uhr saß Libby Andersch strickend im Panorama-Express von Spiez nach Gstaad. Über einen Lautsprecher wurde eine noch unveröffentlichte Radiosendung übertragen. Das Signet bestand aus einer jazzigen Melodie und einer Ankündigung: »Der Krimiklub – ungelöste Verbrechen. Heute: Raubmord an Nina Kandinsky.«

Danach wurde es kurz ruhig, bevor die muntere Stimme der Moderatorin ertönte.

Hallo und herzlich willkommen zu einer Advents-Sondersendung des Krimiklubs. Wir begleiten die neun Finalistinnen und Finalisten unseres Wettbewerbs auf ihrer winterlichen Reise nach Gstaad und blicken ihnen bei den Nachforschungen über die Schulter. Bei dem Cold Case handelt es sich um den in den Achtzigerjahren ad acta gelegten Raubmord an der Künstlerwitwe Nina Kandinsky. Und die große Frage lautet: Können unsere Finalisten Licht ins Dunkel bringen? Sie, liebes Publikum, ermitteln am Sonntag den Sieger oder die Siegerin, und zwar live auf diesem Sender. Im Moment befinden wir uns im Zug und springen gleich in medias res: DEN FALL!

Nach einer Pause kam etwas Neues: Restaurant-Ambiance, das Geplauder von Menschen, zwitschernde Vögel.

Das Hörspiel beginnt, dachte Libby und strickte etwas schneller, das Klappern ihrer Nadeln bildete eine leise Begleitung zur warmen Erzählstimme, die nun den Zugwagen erfüllte.

Obwohl der Nieselregen einem pastellblauen Himmel mit Sonnenschein gewichen war, fröstelte Nina Kandinsky. Sie schloss die Knöpfe ihrer Strickjacke und nahm auf der Terrasse des Hotel Palace Platz, wo sich Gäste und Auswärtige, so wie Nina, mischten. Sie kam wegen der Musik. Diese Saison spielte nachmittags manchmal ein Kammerorchester Walzer, Chansons und russische Weisen. Es war das erste Engagement des jungen Dirigenten, der wie Nina aus dem Osten stammte.

»Das Übliche, Madame? Ein Stück Kirschkuchen und eine heiße Schokolade?« Die Kellnerin hatte einen Block gezückt.

Nina lehnte ab und blickte zur leeren Bühne. »Wann kommt denn das Orchester? Fünfzehn Uhr ist vorbei.«

»Tut mir leid, heute sind sie verhindert.«

Das brachte Nina so durcheinander, dass ihr fast die Tränen kamen.

Die Kellnerin sah ungeduldig aus. Am übernächsten Tisch riefen sie bereits nach ihr.

»Morgen wieder, Madame Kandinsky.«

Ich bin eine sentimentale alte Tante, dachte Nina, aber sei's drum, ich gehe wieder heim.

Sie fasste ihren Stock, erhob sich, betrat die Lobby-

bar und danach die Rezeption. Da blickte sie wie jedes Mal zum Deckengemälde, das die Sternenkonstellation vom Tag der Hotelgründung darstellte, dem 8. Dezember 1913. Sonst verspürte Nina beim Hochschauen jeweils einen kleinen Glücksschauer, heute jedoch wollte er sich nicht einstellen.

»Bitte sehr, Signorina.«

Luigi, der hoteleigene Chauffeur, der sie verspielt mit »Fräulein« ansprach, hielt ihr auf dem Platz vor dem Eingang die Tür der Limousine auf. Seine vollen Lippen und die offenen Augen hinter den Brillengläsern erinnerten sie an ihren längst verstorbenen Mann.

»Grazie, Luigi. Ich glaube, ich gehe zu Fuß.«

»Sind Sie sicher?« Der Chauffeur wusste um ihre Vorsicht, wenn sie allein unterwegs war. Sein Blick blieb an ihrem Armband hängen. »Das ist sehr schön. Der Brillant, ein Traum.«

Nina berührte ihn. Der Stein fühlte sich seidig und warm an. Wärmer als ihre Jacke.

»Haben Sie es bei Spychiger gekauft?«

Hannes Spychiger war ein familiär geführtes Juweliergeschäft an der Promenade. Dem Vater von drei Söhnen war die Frau kürzlich weggelaufen, wie man sich in Gstaad erzählte.

»Ich kaufe nicht bei ihm ein. Das wissen Sie doch.«

Luigi grinste wie ein Lausbub. »Es sollte auch ein Scherz sein.«

Er kannte natürlich ihre Vorliebe für Schmuck. Schon mehrfach hatte er sie nach Genf zu den Juwelieren Van Cleef & Arpels gefahren. Die hatten wirklich schöne Stücke, lupenrein und von bestem Schliff.

Er deutete eine Verbeugung an. »Bis morgen, Signorina. Arrivederci.«

Nina fasste ihren Stock fester, ging entlang der Zierbüsche und der Tannen und dachte darüber nach, warum sie Luigis italienischen Akzent so sehr mochte, obwohl im Palace sonst nebst dem hiesigen Berner Oberländisch das Französische und das Englische gepflegt wurden. Vielleicht lag es daran, dass sie und Wassily nie in Italien gewesen waren. Die Kriege waren ihnen dazwischengekommen.

An der Kreuzung fuhr ein Auto viel zu schnell an ihr vorbei. Sie kniff die Augen zusammen, um das Kennzeichen zu lesen, was ihr jedoch nicht gelang. Sie verspürte ein eigenartiges Gefühl.

Statt weiter auf dem Bürgersteig zu gehen, wählte sie die steile Abkürzung zum Oberbort, ihrem Viertel, und war erleichtert, als nach einer Kurve das Chalet in Sicht kam. Es lag am Hang, war aus Holz mit Schnitzereien verziert und hatte ein schiefes Dach samt Überhang sowie einen langen Balkon voller Geranien, die die Köpfe hängen ließen. Auch der Rasen war vertrocknet, das bisschen Regen vom Vormittag hatte nichts genützt.

Über der Tür stand in geschwungenem Schriftzug »Esmeralda«. Obwohl es Ninas Zuhause war, betrat sie es aus Sicherheitsgründen meist in Begleitung ihrer Nachbarn. Deren Chalet erreichte sie über einen schmalen Verbindungspfad. Es war vom selben Architekten erbaut worden wie ihres. Doch sie reagierten weder auf Klingeln noch auf Klopfen, und Nina wurde bewusst, dass sie trotz des Spaziergangs früher dran war als angekündigt.

Zögernd ging sie wieder zum Esmeralda zurück. Die Fassade wirkte plötzlich dunkel, und auf dem Vorplatz warfen die Tannen Schatten. Was, wenn sich hinter den Stämmen jemand versteckte?

Ninochka, schalt sie sich, sei kein Hasenfuß, geh rein, leg deinen Schmuck in den Safe und trink die Schokolade, die du eben verschmäht hast.

Nachdem sie die Haustür aufgeschlossen hatte, vernahm sie von der Straße her erneut ein Motorengeräusch. Nicht schnell, sondern im Schritttempo fuhr ein Auto vorbei und hielt weiter vorn an. Ihr Herz begann zu hämmern, der Schweiß lief ihr in Strömen. Ein mechanisches Klickgeräusch, eine zugeknallte Tür. Ein Mann kam über die Einfahrt auf sie zu, im Gegenlicht sah sie nur seine Silhouette. Er war schlank, durchtrainiert und jung. Er hatte eine Frisur wie dieser Schauspieler, James Stewart. Oder Dean.

»Madame Kandinsky?«

Nun stand er direkt vor ihr. Unter seiner Lederjacke zauberte er einige Beutel hervor. »Flüssigdünger. Eine Spezialmischung. Ich wollte sie schnell vorbeibringen. Wenn wir das jetzt verteilen, ist der Rasen im nächsten Frühling wie neu.«

Es war ein Gärtnergehilfe. Nina entspannte sich. »Arbeiten Sie für Monsieur Florent?«

Der junge Mann nickte. »Ich brauche Wasser.«

Nina wollte ihn auf den Gartenschlauch hinweisen, doch da war er bereits an ihr vorbeigegangen und im Hausflur verschwunden, einen leichten Duft nach Sandelholz hinter sich lassend. Benahm sich so ein Gärtnergehilfe?

Ninochka, du kennst Monsieur Florent seit über zehn Jahren, und er kennt nicht nur deinen Garten, sondern auch das Erdgeschoss deines Hauses. Er wird diesen jungen Mann eingestellt haben, weil er mit der Arbeit nicht nachkommt, wie jedes Mal im Herbst, wenn alle Chalet-Besitzer ihre Gärten winterfest machen wollen.

Trotzdem verstärkte sich das eigenartige Gefühl. Sie wartete eine Weile. Als er nicht mehr herauskam, trat sie ebenfalls ein und drehte den Schlüssel hinter sich herum, wie sie das immer tat.

»Hallo?« Sie verwünschte ihre zitternde Stimme und ging ins Wohnzimmer.

Normalerweise hatten die Gemälde ihres verstorbenen Gatten eine beruhigende Wirkung auf sie, doch nun verschwammen die Farben vor ihren Augen.

»Monsieur?«

Stille. Vermutlich war er dabei, in der Garage die Gießkanne zu holen, Monsieur Florent hatte ihm bestimmt den Weg erklärt.

Sie würde alles genau machen wie sonst bei ihrer Heimkehr. Im Wohnzimmer hängte sie ein Bild ab und öffnete den Safe. Die Schmuckstücke waren vollzählig und unversehrt. Sie wählte eine der Ketten aus und legte sie um. Als sie das Badezimmer betrat, um die Hände zu waschen, fühlte sie sich besser.

Im Spiegel sah sie das Glitzern der Perlen und ihr Gesicht. Danach die verfärbte Stelle des Waschbeckens, an der ein Stück Porzellan fehlte. Die Watte auf dem Rand und einige Brösel ihres Lippenstifts. Das ordentlich aufgehängte Handtuch. Der Tropfen am Auslauf *des Hahns, der sich löste und mit einem lautlosen Aufprall in feine Perlen zerplatzte.*

Tief atmete sie ein. Sandelholz. Woher kam der Geruch? Im Spiegel flirrte ein Schatten. Dann passierte alles gleichzeitig. Sie verspürte einen Zug an ihrem Hals, die Perlen schnürten ihr die Luft ab. Hatte sie sich irgendwo verfangen? Sie zuckte und strampelte und hielt mit den Händen die Kette fest. Gleich darauf wurde es ihr so eng, dass ihre Lunge an die Rippen stieß. Der kleine Finger brach. Ich werde sterben, diese Gewissheit überkam sie mit grausamer Klarheit. Das Letzte, was sie sah, war, wie ihr das Armband vom Handgelenk gerissen wurde. Der Brillant funkelte, obwohl es dunkel war. So dunkel wie die Nacht.

2

Ist Nina tot?«, fragte Noah, nachdem das Schlusssignet verstummt war, und verschluckte sich fast am letzten Bissen seines Käsebrots.

»Das wussten wir ja von Anfang an«, erklärte Libby, während ihre Stricknadeln unermüdlich klapperten. »Es handelt sich um ein echtes Verbrechen, das nie aufgeklärt wurde. Schon vergessen?«

Mit Mitte siebzig war Libby die älteste Teilnehmerin des Krimiklub-Wettbewerbs, ihr Nachbarsbub Noah mit seinen zwölf Jahren der Jüngste. Und der Ungeduldigste.

»Und ihr ganzer Bling ist von diesem Gauner geklaut worden?«, fragte er. »Aller Schmuck weg, nicht nur der Ring?« Er blickte zur Moderatorin Esme Matic, die bei ihnen im Wagen saß und auch als Reiseleitung fungierte. »Esme, kannst du den Schluss noch mal erklären?«

Esme war dabei, den Lautsprecher in ihren Rucksack zu packen. Sie war eine quirlige St. Gallerin mit wippenden Locken, schweren Lederstiefeln, einem rosaschwarz karierten Kostüm und mit ihren kaum dreißig Jahren eine Vertreterin dieser jungen Frauengeneration, die früh gewusst hatte, was sie wollte, und ihre Ziele umgesetzt hatte. Dass sie beim nationalen Sender das beliebte Krimiklub-Format verantwortete, war der beste Beweis dafür.

»Also«, antwortete sie nun, »im Hörspiel, das heute Abend im Radio ausgestrahlt wird, wurde der letzte Tag im Leben von Nina Kandinsky beschrieben. So wie er gewesen sein könnte, bevor sie von einem unbekannten Einbrecher ausgeraubt und ermordet wurde.«

Damit gab sich Noah nicht zufrieden. »Irgendwas ist komisch. Wer ist schon so blöd, den Gärtnerlehrling, den sie nicht kennt, in ihr eigenes Haus zu lassen und sich mit ihm einzuschließen?«

Libby schmunzelte, genau das war ihr auch aufgefallen.

»Ihr sollt die Ungereimtheiten nicht kommentieren, sondern interpretieren.«

»Eine Challenge, Noah«, ergänzte Libby.

Eine Challenge brachte Noah zu Höchstleistungen, das hatte sie schon mehrmals erlebt. Schon kam er mit einer neuen Frage um die Ecke: »Und warum wollte dieser Luigi wissen, wo Nina das Armband gekauft hat? Er war doch nur der Chauffeur vom Hotel Palace?«

Esme wippte auf den Stiefelspitzen. »Luigi ist keine reale Person …«

»Was macht er dann im Hörspiel?«

»… es könnte ihn gegeben haben. Wie gesagt, ihr sollt Schlüsse ziehen, das gibt Punkte, und wer die meisten Punkte hat, gewinnt.«

»Aber wie soll ich das machen, wenn ich nicht mal weiß, wie genau Nina gestorben ist.«

Esme musterte Noah von Kopf bis Fuß. »Nina wurde mit ihrer eigenen Perlenkette gewürgt, bis sie tot war.« Ihre Lippen kräuselten sich, sie hatte eine grausame

Seite, das musste sie wohl, wenn sie sich tagtäglich mit »kalten« Verbrechen beschäftigte.

»Brutal, gäll?«, sagte Libby zu Noah. »Ich hoffe, du hast jetzt keine Albträume.«

»Nö. Ich bin hardcore.«

»Du meinst wegen deinen Frucht-Ninjas und den anderen Zombies?«

Noah war ein »Gamer«. Das Wischen mit Fingerkuppen begleitet von leidenschaftlichen Monologen war sein liebstes Hobby. Nun jedoch schüttelte er den Kopf.

»Frucht-Ninjas ist für Babys. Ich gehe ja jetzt aufs Gymnasium. Ich habe Probezeit, weißt du.«

Und ob Libby das wusste. Dem Wort haftete eine so große Bedrohung an, dass Noah nicht mehr zu Besuch kam wie früher und seine ursprünglichen Berufsträume von Winzer bis Schiffskapitän auf Eis gelegt hatte. Auch die Erinnerung an ihren letzten gemeinsamen Ausflug an den Genfersee war verblasst – bis die Namen der Krimiklub-Finalisten im Radio bekannt gegeben worden waren. Dies hatte nicht nur Noah und seine Mutter Iris, sondern auch seinen Deutschlehrer umgestimmt, der sich als Fan der Sendung entpuppt und Noah einen Joker-Tag erlaubt hatte.

Das Rätsel zu lösen war diesmal eine noch größere Herausforderung als sonst – wenn man bedachte, dass sich die Berner Behörden vor vierzig Jahren vergeblich die Zähne an dem Fall ausgebissen hatten. Andererseits war Libby nicht zuletzt mit Noahs Hilfe bereits zweimal klüger als die Polizei gewesen. Außerdem war allein schon die Zugfahrt die Reise wert.

Gerade fuhr der Panorama-Express über eine Art

Hochebene. Zu beiden Seiten gab es Berge mit schneebedeckten Spitzen, und Ansammlungen von Chalets wechselten sich mit Bäumen und verschneiten Wiesen ab.

Die Idylle wurde von Esme unterbrochen, die ihr Laptop aufgeklappt hatte.

»Alle mal herhören, Leute! Ihr seid hier nicht zum Sightseeing. Jetzt nehme ich die Zusammenfassung der realen Fakten auf. Damit beginnen wir die Final-Sendung übermorgen. Geschätzte Zuhörerzahl hunderttausend.« Sie hielt ihr Mikrofon in die Luft. »Wer traut sich?«

Libby meldete sich.

»Nils, bitte!«, sagte Esme.

Ausgerechnet Nils Steinmann, der erst kürzlich zum Klub gestoßen war. In seinen Wortmeldungen war er scharfsinnig rübergekommen, was vor allem an seiner sonoren Stimme lag. In echt war er jedoch eine Herausforderung: in mittleren Jahren, mürrisch mit zerknittertem Regenmantel und ungepflegten Haaren. Beim Treffpunkt am Hauptbahnhof Zürich war er als Letzter eingetroffen, seinetwegen hätten sie fast den Zug verpasst.

»Wieso ich? Frag ChatGPT, der kann Zusammenfassungen.«

Unter Esmes eisigem Blick verspeiste Nils Steinmann ostentativ langsam den letzten Bissen seines kalten Hamburgers, der den Wagen mit Zwiebelduft erfüllte, bevor er ihr das Mikrofon abnahm.

»Also … eins, zwei, drei, Test.«

Esme verdrehte die Augen und bedeutete ihm, endlich anzufangen, was er dann zur Erleichterung aller auch tat.

»Nina Kandinsky war Schmuckliebhaberin und überängstlich, mit Vorsichtsmaßnahmen wie einem hauseigenen Safe, der von einem Gemälde ihres Mannes getarnt im Wohnzimmer ihrer Villa eingebaut war. Unterwegs trug sie ihren schönsten Schmuck immer an sich. Am 2. September 1980 wurde sie bei verschlossener Haustür erdrosselt im Badezimmer aufgefunden.«

Na, wie wollt ihr das schlagen, ihr Luschen? Das sagte seine Miene, als er geendet hatte.

Esme hatte dennoch eine Ergänzung. »Während der Hausschlüssel und der Schmuck weg waren, blieben die Gemälde ihres Mannes übrigens hängen.«

Noah schoss hoch. »Versteh ich nicht. Der Dude, ihr Mann, dieser Wassily, war doch berühmt, seine Bilder voll premium. Die hätte der Gauner ja abhängen und mitnehmen können.«

»Der Schmuck«, antwortete Esme, »war wohl einfacher zu transportieren.«

Libby hob ihre Stricknadel in die Luft. »Die Bilder sind drei Tage später vom Berner Kunstmuseum abgeholt worden, wo sie bis heute besichtigt werden können. Das ist echt, und nicht dazuerfunden.«

»Woher weißt du das, Libby?«, fragte Nils verärgert. »Das wurde im Hörspiel nicht erwähnt.«

Libby wandte sich wieder ihrer Strickarbeit zu. »Ich gehe eben gern ins Berner Kunstmuseum. Den Kandinsky-Fall habe ich damals live miterlebt. Beim Institut für Chemie hatten wir ein gutes Radio. Die Polizei fand kaum Spuren und ging davon aus, dass ein Auswärtiger die Tat begangen hat. Der Verdacht fiel unter anderem auf einen schwedischen Künstler mit Schulden bei einem örtlichen Hotel. Sie haben Nachtzüge untersucht und die Flugbewegungen am Flughafen Saanen. Später hat man ihnen vorgeworfen, sie hätten geschlampt. – Wäre ich die Ermittlerin gewesen, hätte ich mir den Museumskurator zur Brust genommen und ihn nach seinem Alibi gefragt. Und weitere Leute aus dem Dorf wie den Gärtner, den Chauffeur und den Architekten. Falls es die gegeben hat.«

Stille. Bis die übrigen Teilnehmer sich anstupsten und Geflüster laut wurde.

»Das nenn ich mal gut vorbereitet.« Esme grinste. »Da könnt ihr euch alle eine Scheibe von abschneiden. Zwölf Punkte für Libby und Noah.«

Eine Kuhglocke kündigte den nächsten Halt an. Zweisimmen. »Wieso ruckt es so, Tante Andersch?«, fragte Noah. Er war der einzige Mensch auf der Welt, der Libby so nannte. Und sie mochte es.

»Ein Spurwechsel.«

Ein paar Passagiere stiegen aus, neue stiegen zu. Niemand traute sich jedoch, bei ihnen hereinzukommen. »Reserviert – Krimiklub«, stand groß an der Abteiltür.

Danach ging die Fahrt aufwärts, an einem Gondellift und an einer Skischulgruppe vorbei, die im Gänsemarsch die Straße entlangmarschierte. Auf einer Langlaufloipe verlor ein Sportler das Wettrennen gegen ihren ratternden Panorama-Express.

Nachdem sie eine Art Pass überwunden hatten, rauschten sie hinunter in ein neues Tal, das so weit und luftig war wie eine Arena: das Saanenland.

»Alle mal herhören, Leute!« Esme brachte sich wieder ins Spiel. »Ich gebe das Programm bekannt!«

Libby wusste bislang nur, dass eine kriminelle Schnitzeljagd geplant war und dass sie zwei Nächte in der Jugendherberge Saanen untergebracht wurden. Auch wenn sie Abenteuer mochte, dafür fühlte sie sich zu alt. Darum hatte sie Tonino Padrutt geschrieben und um ein Zimmer gebeten, aber noch keine Antwort erhalten. Libby und er hatten sich erstmals im Grand Hotel Matterhorn getroffen. Tonino war Gelegenheitsbutler und in dieser Funktion für die Britischen Wochen im Hotel Palace angestellt, die am morgigen Samstag begannen.

Esme sprach weiter. »Nach der Ankunft wandern wir über die Promenade und blicken Remo Split, Gstaads alteingesessenem Juwelier, ins Schaufenster. Er ist auch Sponsor unserer Sendung.«

»Der Juwelier im Hörspiel hieß aber nicht Remo Split, sondern Hannes Spychiger«, sagte Libby. »Habt ihr den auch erfunden? Wie den Chauffeur?«

Diesmal war Esmes Blick genervt. »Als in den Neunzigern der Sohn übernahm, hat die Familie den Namen geändert. Von Spychiger zu Split.«

»Moment«, sagte Noah. »Ich kombiniere: Split heißt Scheidung auf Englisch. Sind die geschieden?«

Libby ging davon aus, dass man dabei eher an diamantene Splitter als an Scheidung gedacht hatte. Ein Juweliergeschäft, bei dem Nina Kandinsky damals nicht eingekauft und das den Namen gewechselt hatte, klang immerhin interessant.

»Gibt's auch was zu essen?«, fragte Noah, der über einen unendlich großen Magen verfügte.

Esme nickte. »Im Hotel Palace trinken wir heiße Schokolade und essen Kirschkuchen, wie Nina.«

Außer an ihrem letzten Tag, dachte Libby.

Die Ankündigung löste einiges an Zustimmung aus.

»Kannst du Tonino eine Nachricht schreiben?«, bat Libby Noah leise. Sie hatte kein Handy und blieb auch dabei. »Dass wir ihm sozusagen bald in die gute Stube schneien. Ich muss wissen, ob es mit der Übernachtung klappt.«

Noahs Gerät steckte in einer Strickhülle in den Farben Blau und Weiß, seinem Lieblingsfußballklub geschuldet.

»Geil. *Made by Libby*«, hatte Noah gemeint, als Libby ihm nach ihrem Abenteuer am Genfersee das Geschenk übergeben hatte.

»Dein Programm klingt maximal bescheiden, Esme!« Nils war als Einziger nicht zufrieden. »Wo ist der Knüller?«

»Ich dachte, du stehst auf Schmuck?« Sie warf ihm einen Blick zu, der eine gewisse Vertrautheit enthielt. Und eine Provokation.

Sie kennen sich näher, vermutete Libby und notierte sich das geistig.

Esme hatte tatsächlich noch etwas in petto. »Im Palace schauen wir uns die Schmuckausstellung an – The Split Exhibition. Eine exklusive Preview nur für uns, samt Privatführung von Remo Split persönlich! Und danach …«, sie vollführte eine Kunstpause, »Tatortbesichtigung im Chalet Esmeralda!«

Nach fünfundvierzig Jahren wird da kaum mehr viel von früher sein, befand Libby.

Die anderen brachen jedoch in begeisterte Kommentare aus, und Esme musste sich für den Schluss Gehör verschaffen. »Am Samstag besuchen wir die Dorfpolizei, wo wir Akteneinsicht bekommen. Und wir dürfen beim Eröffnungs-Aperitif für die Britischen Wochen dabei sein. Am Sonntag gebt ihr live auf Sendung eure Theorie bekannt, das Radiopublikum stimmt ab, und das Siegerteam bekommt – tadaaa! – ein Wochenende im Palace!«

Jubel brandete auf. Diese Aussicht spornte den Wettbewerbsgeist an.

»Sollen wir uns zusammentun?«

Helen, frisch in Rente und wie Libby eine langjährige Hörerin des Krimiklubs, boxte ihr in die Seite. »Ich sehe es vor mir: die Alters-WG in der Luxussuite!«

»Tut mir leid, ich bin mit der Jugend unterwegs«, erwiderte Libby.

»Gstaad!«, ertönte die Durchsage.

Libby raffte ihr Lodencape, während Noah, bereits in der Windjacke, von seinem Handy ablas. »Tonino hat geantwortet. Du sollst ihn gleich treffen. In der Fromagerie. Was ist das, Tante Andersch?«

»Sind wir zwei Detektive oder nicht? Finden wir natürlich heraus.«

Libbys Blick blieb an Nils hängen, der zum Fenster hinausstarrte, als hätte er etwas unheimlich Interessantes entdeckt. Dabei war es nur ein frisch umgebautes Chalet aus Glas und Holz. »Kronenberg Architektur«, stand auf der Scheibe.

Sollte ich ihn mit der Erwähnung eines Architekten inspiriert haben?, fragte sich Libby und merkte sich den Namen.

Ihre zierliche Armbanduhr besagte, dass es kurz nach dreizehn Uhr war. Da erblickte sie das Hotel Palace. Es thronte hoch über dem Dorf auf einem Hügel und war eingerahmt von Tannen und dem Berg dahinter. Mit seinen Zinnen und den sechs Türmen sah es aus wie ein Märchenschloss. Die Flaggen wehten im Wind, die Berner, die Schweizer und die britische. In dem Moment schob sich eine Wolke vor die Sonne, und ein Schatten legte sich über die Fassade.

3

Die Organisation hatte an alles gedacht, nur nicht daran, dass die älteste Wettbewerbsteilnehmerin eine steife Hüfte hatte, nachdem sie mehrere Stunden sitzend in Zügen verbracht hatte. Während Noah mit der Gruppe zügig über die geräumte Dorfpromenade davonstapfte, hielt Libby Ausschau nach einer Fahrgelegenheit. Bei der Haltestelle fuhr der Shuttlebus zum Hotel gerade los, sie sah nur noch das Schlusslicht. In einer halben Stunde wieder, hieß es, sie könne auch weiter vorn an der Promenade einsteigen, beim Palace Viewpoint, der sei nicht zu übersehen.

»Unser Dorfplatz.«

Die Promenade war ein breiter, von lauter Chalets gesäumter Weg, der sich durchs Dorf zog. Er war autofrei und vom Schnee befreit, das Kopfsteinpflaster wirkte, als ob es jeden Abend geschrubbt würde. Trotz bestem Skifahrwetter spazierten hier kurz nach Mittag chic gekleidete Paare mit Mützen und Mänteln oder Familien mit kleinen Kindern umher. Sprachen aller Art waren zu hören, Englisch herrschte vor, ab und zu gab es auch Berner Dialekt. In den Schaufenstern wurde Mode und Handwerkskunst dargeboten, selbst der übliche Touristenramsch wie Regenschirme und Dächlikappen war von edelster Anfertigung. Die Restaurants waren sehr gut besetzt, die Preise, die Libby von den diskret hinter Glas ausgestellten Speisekarten ablas, befanden sich im oberen Segment.

Von den beiden Juweliergeschäften, an denen sie vorbeikam, trug keines den Namen Split. Dafür fand Libby einen Souvenirladen, der mit »Spychiger« angeschrieben war, der Name, der im Hörspiel eine Rolle spielte. Sie beschloss, sich da zu erkundigen – die Einheimischen waren immer die beste Auskunftsquelle.

Beim Eintreten spielte die Klingel eine Melodie. Der niedrige Verkaufsraum sah gemütlich aus. Neben einem Ständer mit handgeschnitzten Saanengeissli gab es Trachtenschmuck, darunter Broschen.

Libby trat näher. Sie liebte Broschen. Am Revers getragen gaben sie einem das gewisse Etwas, den Glanz, die diskrete Vollendung. Eine der Broschen zeigte sogar das Motiv des Palace, sie war die schönste von allen. Nicht ganz billig, einen Kauf müsste sie sich gut überlegen.

Libby schaute sich weiter um. Dabei fielen ihr bunte Mützen ins Auge, für diejenigen, die lieber selbst strickten, gab es eine Auswahl an Wolle. Sie fühlte sich leicht an, als Libby ein Knäuel in die Hand nahm, sie spürte förmlich, wie sich der Faden um die Nadeln schlingen würde.

»Kann ich etwas für Sie tun?«, fragte ein magerer Herr, mit den Zähnen und dem Parfum eines Kettenrauchers, in einem melodischen Berner Dialekt.

»Gern blau und rot.« Libby reichte ihm die Wollknäuel.

»Sehr schön, passend zu den Britischen Wochen!«

Der Auftakt für ein Gespräch mit Ladenbesitzer Sämu Spychiger, wie er sich vorstellte, war gelungen.

Während er nach einer Tüte suchte, erfuhr Libby, dass

die Britischen Wochen nicht nur im Hotel Palace, sondern im gesamten Dorf gefeiert wurden. Das sei historisch begründet. In die Schweiz zu reisen sei früher das absolute Nonplusultra für die Briten und Gstaad von Anfang an ein Lieblingsort gewesen.

»Ein Spielplatz in den Bergen, wo man Ferien machen konnte. Also, die Reichen natürlich, Aristokratie und Adel.« Einmal, in den Dreißigerjahren, sei auch der britische König Edward zu Gast gewesen. »Und seine Frau, die Lebedame Wallis.«

Libby kannte die Geschichte der Amerikanerin Wallis Simpson, die beim royalen Adel so wenig gern gesehen gewesen war, dass ihr Mann wegen ihr abgedankt hatte.

»Gab es denn genug Spaß für sie in den Bergen?«

»Natürlich. Im Palace haben sie schon immer mit Begeisterung getanzt. Bis heute spielt da in der Hauptsaison ein Orchester.«

Nina Kandinsky sei vor allem wegen der Musik ins Palace gegangen, war im Hörspiel bemerkt worden.

»Kennen Sie das Orchester zufälligerweise?«

Sämu Spychiger war überfordert. »Ich weiß nicht … sie haben eine große Auswahl.«

»Gibt es eines, das immer wiederkommt?«

Nun strahlte er auf. »Die Istváns Harmonists. Die sind seit ewig da. Auch morgen, auf dem Ball.«

So erfuhr Libby, dass es auch einen Ball geben würde.

»Für das Fußvolk den Aperitif«, erklärte Sämu Spychiger. »Für die Geladenen den ganzen Rest.«

»Reist denn auch Prominenz an?«

»Aber natürlich.« Sämu Spychiger verfiel in Flüstern, was seltsam anmutete, denn der Laden war außer ihnen leer. »Ein paar Diplomaten und Politiker sollen hinter verschlossenen Türen ein Abkommen verhandeln, *top secret*. Auf dem Ball wird dann auf das Resultat der Verhandlungen angestoßen, egal, was dabei herauskommt.«

»Und woher wissen Sie das alles, wenn es doch streng geheim ist?«

Er grinste. »Man hat so seine Quellen.«

Während Sämu Spychiger die Wollknäuel in eine Papiertüte packte, kehrte Libbys Blick zu den Broschen zurück.

»Ist die mit dem Hotel Palace aus Silber?«

»Jawohl. Und die Flaggen sind Amethyste.« Sämu Spychiger richtete einen Strahler auf die Steine. »Echt, sehen Sie? Sonst würden sie nicht so funkeln.«

»Trotzdem ist sie recht teuer.« Libbys Rente war klein, und das Generalabonnement, das GA, riss bereits ein Loch in ihr Jahresbudget.

»Weil Sie es sind, gibt es zehn Prozent.«

Ach was, man lebte nur einmal. »In Ordnung.«

Libby kramte nach ihrem Portemonnaie und erwähnte den Krimiklub und ihre Mission. Wie erhofft, wusste er auch darüber Bescheid. Der schreckliche Raubmord an Nina Kandinsky sei fest im Gedächtnis aller Gstaader seiner Generation verankert.

»Ich war damals ein Jungspund und erinnere mich, als wär's gestern gewesen.«

Das gab Libby die Möglichkeit, sich nach dem Juwelier zu erkundigen. »Er heißt Remo Split und soll im Palace eine Schmuckausstellung durchführen. Ist er mit Ihnen verwandt?«

Libby war wenig überrascht, als Sämu Spychiger

nickte. Hannes Spychiger, Remos Vater, sei sein Großonkel gewesen, das Juweliergeschäft habe er kurz nach Eröffnung des Palace in den Zwanzigerjahren aufgemacht. Ein weiterer Verwandter sei nach Südafrika ausgewandert und habe Geschäfte mit Silberminen und Diamanten gemacht.

»Der Laden ist schräg gegenüber, ein älteres Chalet. Sie können es nicht verfehlen. ›Split-Juwelen‹.«

»Er hat noch zwei Brüder, habe ich gehört«, sagte Libby und schob einen Schein über den Ladentisch. »Das dürften alles Ihre Großcousins sein.«

Sämu Spychiger nickte. »Die haben auch den Namen Split übernommen. Marc, der Älteste, besitzt einen Laden in Monaco. Er kommt morgen zur Ausstellungseröffnung.«

Und so erfuhr Libby, dass die Ausstellung im Palace öffentlich war. Jeder könne sich zu bestimmten Öffnungszeiten Schmuck anschauen und kaufen.

»Marc liefert übrigens die Kronjuwelen höchstpersönlich an.«

»Welche Kronjuwelen?«

»Ach so. Das ist der Clou, vor lauter Plaudern habe ich das Wichtigste vergessen.« Wieder senkte Sämu Spychiger seine Stimme. »Irgend so eine königliche Kollektion ist dabei. Aber nur für den Ball morgen, die muss danach gleich wieder zurück.«

»Welche Kollektion denn?«, fragte Libby.

»Ist das wichtig?«

»Natürlich.« Als Anhängerin des englischen Königshauses kannte Libby sich mit Schmuck aus.

»Ach herrje.« Sämu Spychiger überlegte, murmelte

vor sich hin, konsultierte dann sein Handy und blickte wieder hoch. »Die Victoria-Kollektion. Sagt Ihnen das was?«

»Armband, Ring und Brosche. Der Stein an der Spitze des Colliers heißt Cullinan 10. Es ist der zehnte Splitter des Cullinan-Diamanten.«

»Genau der kommt zu uns!« Sämu Spychiger sah aus, als hätte er eine ganze Schüssel Schokoladencreme verputzt. Und er hatte alles Recht dazu. Britische Kronjuwelen wurden im Londoner Tower aufbewahrt. Dass die Victoria-Kollektion »anreiste«, konnte man als Sensation bezeichnen.

»Ein geheimes Politikertreffen, ein Ball und Kronjuwelen – das braucht aber ein rechtes Sicherheitskonzept.«

»Auch da sind wir an der Quelle.« Sämu Spychiger schob das Paket über den Ladentisch und gab Libby Retourgeld. »Unter uns gesagt, Remo Split verkauft seinen Schmuck nur noch nebenbei, sein Haupterwerb ist eine Firma für Sicherheitstechnik namens ChalSec. Die haben Bewegungsmelder, Lichtschranken, Panikknöpfe, Kameras und sogar Manpower im Angebot. Wenn Sie unterwegs muskulöse Männer in silbergrauen Anzügen sehen – das sind die Securitas von ChalSec. Dezent, aber schlagkräftig.«

»Da bin ich ja beruhigt«, sagte Libby und steckte das Paket ein. »Man will ja nicht, dass sich die Geschichte wiederholt.«

»Sie meinen, wegen der Kandinsky? Nein, nein, auf Remo Split ist Verlass. Viele hier vertrauen seinen Fähigkeiten.« Sämu Spychiger begleitete Libby zur Tür. »Die schaffen sogar Kronjuwelen. Und die Dorfpolizei ist ja auch noch da. Ein Freund von mir ist der Chef. Er hat gesagt, sie haben fürs Wochenende aufgestockt.«

Als er außerdem die Bundespolizei erwähnte, die wegen der Politiker mit einigen Teams vor Ort sei, war Libby überzeugt. »Das klingt sicher.«

Sie stand bereits halb draußen, als ihr noch etwas einfiel. »Und der dritte Split-Bruder?«, fragte sie. »Den haben Sie nicht erwähnt.«

Ein Schatten huschte über Sämu Spychigers Gesicht wie eben über das Palace. Dass in dem Moment weitere Kundschaft ankam, ersparte ihm eine Antwort.

Mit dem dritten Bruder ist etwas, dachte Libby. Und wenn sie es sich so überlegte: Dass der Krimiklub ausgerechnet an dem Wochenende anreiste, um den Kandinsky-Fall zu lösen, an dem wegen eines heimlichen Politikertreffens ein weltberühmtes Collier ausgestellt wurde, konnte doch kein Zufall sein!

Sie verspürte plötzlich eine gewisse Aufregung.

4

Bis zur Abfahrt des Busses blieb ihr noch Zeit, um den Juwelier aufzusuchen. Es wäre ja nett, wenn ich als Klotz am Bein des Krimiklubs mehr über die Hintergründe der Split-Familie und ihrer Verbindung zu Nina Kandinsky herausfinden würde, dachte sie.

Unter dem Schriftzug »Split-Juwelen« stand etwas kleiner: »Spychiger, seit 1921«. Die eine Hälfte des Schaufensters war voll mit Ketten, Ohrringen, Armreifen und Uhren, die andere Seite nahm ein kleiner Bildschirm ein, auf dem mit einem kurzen Film der Hinweis auf die Britischen Wochen gezeigt wurde. Das Hotel Palace mit seinen Türmen und den Flaggen wurde von einem mit Diamanten und Smaragden verzierten Collier umschlungen. »Die Split Exhibition: Besuchen Sie uns in der Lobbybar, immer nachmittags von 14 bis 17 Uhr«, stand in der Mitte.

Ein korpulenter Herr im silbergrauen Anzug samt weißem Hemd und Krawatte trat durch die Eingangstür heraus.

»Entschuldigung, ist geschlossen?«

Er nickte, während er einen Badge – Libby kannte das noch von der Uni – an eine Platte hielt. Er kam ihr routiniert vor, so als ob er das jedes Mal beim Verlassen des Ladens tun würde. Sie folgte seinem Blick nach oben, wo wie ein Fischauge eine Kamera hing. Außerdem schien das Glas der Fenster und Türen ausgesprochen dick und, im Gegensatz zum Chalet, das einen eher schäbigen Eindruck machte, von bester Qualität.

»Schade. Wann machen Sie denn wieder auf?«

»Sechzehn Uhr.« Aus einer Innentasche seines Jacketts holte der Mann eine bedruckte Karte hervor, das Ebenbild der Anzeige auf dem Bildschirm. »Remo Split. Besuchen Sie mich oben im Palace.«

Treffer versenkt, dachte Libby, das war der älteste Bruder. »Sie werden Schmuckstücke aus der Victoria-Kollektion zeigen, habe ich gehört. Die müssen Sie aber gut beschützen. Die Royals hätten keine Freude, wenn der Schmuck gestohlen würde.«

Er fand's nicht lustig. Dass sein Handy klingelte, empfand er offensichtlich als Erleichterung.

»Äxgüsi.« Er drehte sich ab. »Was?«, sagte er gleich darauf. »Fünf Minuten. Mehr nicht.«

Er drängte an Libby vorbei, aber sie konnte ihn noch nicht gehen lassen. »Nur noch eine Kleinigkeit.« Sie erklärte ihm den Grund ihres Hierseins. »Ich glaube, wir vom Krimiklub werden gleich in den Genuss Ihrer Führung kommen.«

Er bekam einen gequälten Gesichtsausdruck.

Nicht sein Lieblingsauftrag, dachte Libby.

»Haben Sie Nina Kandinsky damals gekannt?«, bohrte sie nach.

»Andere Prioritäten.« Er blieb wortkarg. »Mit fünfzehn.«

»Und Ihr Bruder Marc?«

»War im Gymnasium. Interlaken. Bis nachher!« Er ging los.

»Aber der Kleine?« Das hatte Libby in seinen Rücken gesagt.

Ein kaum merkliches Zucken, Remo Splits Schultern strafften sich, dann verschwand er hinter dem Haus.

Ich hatte recht mit meinem Verdacht, stellte Libby für sich fest.

Da ihr noch einige Minuten bis zur Abfahrt des Busses blieben, folgte sie dem Juwelier. Sie wollte den Grund für seine Eile herausfinden. Der Weg führte zwischen den Chalets hindurch auf die Rückseite zu einer Straße. Es war, als würde Hochglanz mit Alltag vertauscht. Über den Teerbelag fuhren recht viele Fahrzeuge, einige Kinder mit Schulranzen waren unterwegs. Doch Remo Split war wie vom Erdboden verschluckt. Wenn er nicht gerannt war, musste er irgendwo abgebogen sein.

Libby blickte nach links und rechts, um sich zu orientieren. Sie kam an Mauern vorbei, Buchsbäumen, einem Mehrfamilienhaus. Und da plötzlich sah sie ihn. Er stand neben einem Auto, das zurückgesetzt von der Hauptstraße vor einem Haus geparkt war. Er hatte Schlüssel in der Hand, offenbar um einzusteigen, wurde aber von einem breitschultrigen Mann aufgehalten, bullig und sportlich, mit halblangem Haar, etwas gegen den Strich gebürstet.

So hätte sie sich Luigi vorgestellt, den Chauffeur aus dem Hörspiel. Nur war dieser hier nicht nett. Er machte eine bedrohliche Geste, sodass Remo Split ausweichen musste. »Adrien, verdammt!«

Adrien war ein französischer Name. Konnte das der dritte Bruder sein? Er redete auf jeden Fall auf Remo Split ein, ohne eine Antwort zu bekommen. Schließlich holte er aus und verpasste ihm eine Ohrfeige, schnell und brutal.

Libby zuckte zusammen. War Remo Split davor so schnell verschwunden, weil er diesem Adrien ausweichen, und nicht, weil er ihn treffen wollte?

Nun fiel ein Faustschlag, und wenn Libby es richtig sah, schoss Blut aus Remo Splits Nase. Das Ganze artete in eine ernsthafte Schlägerei aus.

Als sie sich zum Eingreifen entschied, drehte sich Adrien um und kam in ihre Richtung gerannt, so schnell, dass sie gerade noch in ein Gebüsch ausweichen konnte. Der Standort entpuppte sich als guter Beobachtungsposten. Da Adrien stehen blieb, sah Libby, dass er von Nahem älter war, als seine Physiognomie es vermuten ließ, und auch keinerlei Ähnlichkeit mit Remo aufwies. Das Jackett verdeckte einen Bauchansatz, das Haar war unnatürlich braun, an den Schläfen gab es silberne Sprenkel. Er sah aus wie jemand, der alle und am meisten sich selbst an sein jüngeres Selbst erinnern wollte.

Er verschwand in Richtung Promenade. Als Libby aus dem Gebüsch trat und zurückblickte, war auch Remo Split weg, in der Ferne hörte sie einen Automotor.

Was war denn das gewesen? Kein guter Auftakt für die Ankunft von Kronjuwelen, dachte sie. Nachdem sie tief durchgeatmet hatte, beschloss sie, den Treffpunkt aufzusuchen.

Bis sie den Weg gefunden hatte, dauerte es, und bei ihrer Ankunft fuhr der Shuttlebus wieder davon.

»Brauchen Sie Hilfe?«, fragte eine freundliche Stimme. Sie gehörte einer Frau auf einem Kutschbock. Sie war um die fünfzig mit wilden grauen Locken und einem dicken Mantel. Vor das Gefährt, das anmutete wie aus einem Film, waren zwei Haflinger gespannt.

»Ich muss ins Hotel Palace«, sagte Libby.

Die Kutscherin machte eine einladende Geste. »Steigen Sie ein. Da komme ich vorbei. – Sie sehen etwas vergelstert aus.«

Diese Mischung aus konsterniert und durcheinander traf Libbys Gemütszustand ziemlich genau. »Ich war eben bei Juwelier Split. Er war in eine Prügelei verwickelt. Möglicherweise ist er verletzt.«

»Wirklich?« Die Kutscherin blickte zum Juwelierladen. »Da ist alles ruhig.«

»Hinten, in der Nähe der Straße.«

Die Kutscherin überlegte. »Er hat dort eine kleine Wohnung. – Ach was, er wird sich schon zu helfen wissen.« Sie machte einen beruhigenden Laut. »Vermutlich eine Kabbelei mit seinem Bruder Marc. Der ist wegen der Ausstellung im Palace hier. Die zwei hatten schon immer ihre Differenzen, aber sie lieben sich. Ich denke, Sie können das getrost denen überlassen.«

Der Angreifer ist nicht der Bruder gewesen, dachte Libby. Dennoch entschied sie sich, die Sache auf sich beruhen zu lassen. Für den Moment.

***

Die Kutscherin stellte sich als Margot Häberli vor und bot ihr das Du, den Platz neben sich und einen Nussgipfel an. Die Welt vom Kutschbock aus zu sehen war ein Erlebnis, zumal Libby Pferde mochte und das Reiten ein leider unerfüllter Kindheitstraum gewesen war.

Nachdem das Gefährt die Promenade verlassen hatte, bog es in eine Straße ein, die schräg nach oben auf eine Kurve zulief. Margots Ziel war nicht das Palace, wie sie es nannte, sondern das Hotel Alpina.

»Da logieren die Neureichen, die obszön Reichen und *the super rich*«, erklärte sie.

Ihre Sprache enthielt Englischbrocken, was hier offenbar gang und gäbe war. Libby fiel auf, dass sie statt auf Kufen auf Rädern fuhren.

»Auch wenn es nicht so aussieht, haben wir zu wenig Schnee«, erklärte Margot. »Wie alle anderen bekommen wir das zu spüren, und dabei sind wir früher im Schnee versunken. – Und du bist also mit dem Krimiklub hier?«

Sie war ein Fan und freute sich schon jetzt auf die Live-Sendung mit dem Wettbewerb. »Wobei der Kandinsky-Fall ein alter Hut ist.«

Alle paar Jahre würde die Geschichte wieder ausgegraben und für Schlagzeilen sorgen. »Ohne eine einzige neue Erkenntnis.« Sie bezweifelte, dass man mit dem Krimiklub auch nur einen brauchbaren Hinweis fand. »Das Chalet Esmeralda gehört natürlich längst jemand anderem.«

So wie Libby gedacht hatte. »Wie ist es denn, da oben zu wohnen?«

»Im Oberbort? Mir wär's zu tot, ehrlich gesagt. Außerdem wird man auf Schritt und Tritt beobachtet. Alles voller Überwachungskameras.«

»Von ChalSec?«

Margot warf ihr einen Seitenblick zu. »Kennst du die Firma?«

Libby erzählte von dem Kamera-Fischauge bei Remo Split.

»Die sind überall, fast im ganzen Saanenland«, erklärte Margot. »ChalSec ist viel erfolgreicher als das Juweliergeschäft. Ich habe eine Aktie gekauft, meine erste und einzige. Und die ist heute dreimal so viel wert wie am Anfang.«

Libby dachte an Nina Kandinsky, die keine solche Überwachungslösung gehabt hatte.

»Du kannst sicher sein, dass das Palace der bestgeschützte Ort der Alpen ist. Da ist es!«

Margot legte den Kopf in den Nacken und zeigte nach oben. Umgeben von verschneiten Tannen, dem rauen Berg im Hintergrund und ein paar schmucken Häusern drumherum, wirkte das Hotel mit seiner hellen Farbe, den Türmen und Erkern und den hohen Fenstern auch von hier aus wie ein Schlosspalast.

»Das ist ja wirklich eine wunderbare Lage«, sagte Libby.

»*The best.* Und die Entstehungsgeschichte ist bemerkenswert.«

Ein Sekundarschullehrer, Robert Steffen, aus einfachen Verhältnissen stammend, habe mithilfe seines Schwiegervaters auf dem Plateau, dem östlichen Teil des Oberborts, Land gekauft. »Weil er sich dort auf dem Flecken ein Hotel vorgestellt und keine Ruhe gegeben hat, bis es innert knapp zwei Jahren gebaut war.«

Die Investoren habe er am Genfersee gefunden, mit zwei Architekten eine Gesellschaft gegründet und sich im Gegenzug für den Bau der Palacestrasse verpflichtet. Auf dieser Straße bogen sie gerade um eine steile Kurve.

»Der Sägewerkbesitzer hat die bezahlt, darum heißt die Kurve Reichenbach-Rank.« Margot schilderte, wie der Bau des Hotels stark von den britischen Schlössern inspiriert gewesen sei. Wie es im Ersten Weltkrieg fast wieder schließen musste, wie Steffen sich hochgerappelt habe und danach nie mehr von seinem Kurs abgekommen sei – nicht er und auch nicht die Nachfolger-Familie, die das Hotel inzwischen in der dritten Generation führe.

»Und es ist immer ausgebucht.«

Libby war an der Erwähnung der Architekten hängen geblieben. »Hießen die Kronenberg?«

Margot lachte. »Nein, der Kronenberg ist ein Hiesiger. Aber er ist sehr erfolgreich und hat viele der neueren Chalets entworfen.«

Sie erreichten das Plateau und damit ein kleines Tannenwäldchen, wo sich die Straße gabelte. Da passierten sie ein graues Auto, das unauffällig im Schatten an der Seite geparkt war. Der Kühler brummte, als wäre es vor kurzer Zeit hochgefahren worden.

Libby schaute genauer hin. Im Wagen saßen zwei Herren in dunkelgrauen Anzügen, von denen einer die Hoteleinfahrt durch ein Fernglas beobachtete, während der andere sich Kopfhörer aufgesetzt hatte.

»Spionieren die?«, fragte Libby.

»Die sind von der Schmier.« Margot lachte, als würde sie Libby seit ewig kennen. »Das ist eine Spezialeinheit der Bundespolizei, die BZ, wir nennen sie nur die Bupos. Immer wenn wir im Palace so richtig hohen Besuch haben, beziehen sie Stellung. 24/7, also rund um die Uhr.«

»Und der ganze Aufwand nur für ein Treffen von ein paar Politikern?«

»Politiker?« Margot entwischte ein Schnalzen, das die Pferde zu einem höheren Tempo antrieb. »Im Dorf munkelt man, dass der englische König kommt.«

»Während gleichzeitig der Krimiklub ein und aus geht?«

»Das ist typisch Gstaad. Wir sind ein Dorf für Reiche und für Gewöhnliche wie uns.« Margot schnalzte erneut, und die Pferde hielten auf einem kleinen Parkplatz vor einer Futterkrippe an, der sie sogleich kräftig zusprachen, offensichtlich ein eingespieltes Ritual. Margot zückte derweil eine Polaroidkamera, die neben ihr auf dem Sitz gelegen hatte, und fotografierte Libby.

»Das Bild bekommst du morgen. Mach ich mit all meinen Lieblingsgästen. Und falls du mich zum Chauffieren brauchst«, Margot reichte Libby eine Visitenkarte, »ist hier meine Nummer. Einfach anrufen. – Für ein Autogramm vom König mach ich fast alles.«

5

Libby lachte immer noch, als sie die Hoteleinfahrt erreichte. »Gstaad Palace Switzerland« stand auf einer Tafel. Dahinter ging die Einfahrt in ein gepflastertes Rondell über, das sich um eine verschneite Verkehrsinsel wand. Die breite Treppe wurde von einem Vordach geschützt. Es war geschmückt mit Wimpeln von überall.

Links und rechts vom Eingang hatten sich mehrere Herren in Dunkelgrau aufgestellt, alle mit Knopf im Ohr und wachsamem Blick.

Die dürften auch zu den Bupos gehören, dachte Libby.

Vor dem Hotel parkten drei edel wirkende Karossen mit getönten Scheiben. Auf der Kühlerhaube der mittleren prangten zwei Insignien, und aus der Beifahrertür drängten zwei Teenager in Skianzügen, aber ohne Mützen.

»Hoppla«, sagte Libby, die fast überrannt worden wäre. Einer der Portiers wollte herbeieilen, aber Libby winkte ab. »Nichts passiert.«

Während das Mädchen zur Seite ging, um einen Schneeball zu formen, hielt der Junge einer Frau, vermutlich seiner Mutter, die Tür auf. Sie trug Windjacke und Winterstiefel sowie eine Sonnenbrille. Die Treppe hinunter kam eine Empfangsdelegation. Ein Portier begrüßte die Familie auf Englisch. An seiner Seite befand sich eine hübsche Angestellte mit Pferdeschwanz und blauem Kostüm. Sie stellte sich als Britta von Allmen vor, Maître d'Hôtel, und erklärte den Kindern, dass es im Souterrain des Hotels einen Jugendklub gäbe, in dem man sich schon auf sie freue.

»Die Treppe hinunter, rechts geht's in die Fromagerie, links in die Funfactory. Im Moment machen sie Spiele. ›Taco Cat Goat Cheese Pizza.‹«

Im Gegensatz zu Libby verstanden die beiden Kinder, was gemeint war, auf jeden Fall schien sie die Aussicht zu freuen.

»Dürfen wir schon vorgehen, Mum?«, fragte das Mädchen auf Englisch.

»Nur wenn ihr mir mit den Koffern helft.«

Die Mutter wollte nichts davon wissen, dass dies das Hotelpersonal übernahm. »Dafür haben die beiden Arme und Hände bekommen.«

Das Mädchen bewarf sie daraufhin mit Schnee, Gelächter war die Folge.

Libby folgte der munteren Familie, der Maître d'Hôtel und einem Herrn im schwarzen Anzug, den sie als mitgebrachten Leibwächter einschätzte, nach oben.

»Die Penthouse Suite?«, sagte die Mutter, als sie bei der Rezeption ankam. »Haben Sie nichts Normaleres?«

Dass sie offenbar das Luxusangebot ablehnte, sorgte für Stirnrunzeln beim Hotelpersonal. In der folgenden Diskussion fielen Worte wie *Tower two bedroom* und *Deluxe Junior Suite*. Schließlich einigten sie sich auf zwei *Cozy Rooms* mit Verbindungstür.

»Die beiden sind Teenager, sie brauchen Familienanschluss, aber auch ihre Privatsphäre«, erklärte die Mutter und nahm die Sonnenbrille ab.

Libby stand reglos da. Sie kannte diese Person. Es war die Gattin des britischen Premierministers. Der Anlass war weit mehr als ein kleines Politikertreffen, Margot hatte recht gehabt. Nun ergab die Victoria-Kollektion Sinn, vermutlich würde die Gattin den Schmuck zum Ball tragen. Ihr Hals wäre auf jeden Fall geeignet dafür. Sie stand nur wenige Meter von Libby entfernt und blickte nach oben zu dem gemalten Deckenbild.

»Ist das schön«, entfuhr es ihr. »Unglaublich.«

Es war in der Tat eine Augenweide, genau wie im Hörspiel beschrieben, fand Libby. Beleuchtet von einem Kerzenlüster waren auf dem lichtblauen Grund verschiedene Sterne in funkelndem Gold verteilt, während die Farben an der Seite in warmes Gelb übergingen, das wohl die Strahlen der Sonne repräsentieren sollte.

Libby trat einen Schritt näher. »Der erste Besitzer des Hotels, Robert Steffen, hat es zur Geburtsstunde malen lassen.«

»Ein guter Stern.« Die Gattin lächelte. »Sind Sie auch Gast im Hotel?«

»Ich habe einen Termin in der Fromagerie. Dank Ihren Kindern weiß ich nun, wo das ist.«

Die Gattin nickte Libby zu und ging mit dem wartenden Personal zum Lift.

Libby wandte sich an den Concierge und fragte nach dem Krimiklub. Bevor sie Tonino treffen konnte, würde sie den anderen Bescheid geben, dass sie da war.

»Die sind in der Lobbybar. Gehen Sie einfach geradeaus, Sie können sie nicht verfehlen.«

***

Die Lobbybar war geräumig und großzügig eingerichtet, mit runden Tischchen und weinroten Plüschsesseln. Fast alle waren besetzt und zwar von den unterschiedlichsten Leuten. Zwei Männer in Arbeitskleidung unterhielten sich mit einem ältlichen Paar, von dem er Wanderschuhe und sie Gummistiefel trug. An der mattpolierten Theke aus dunklem Holz, die sich auf der einen Seite über die gesamte Breite des Raumes zog, hielt ein prominenter Schweizer Politiker Hof, an dessen Namen Libby sich partout nicht erinnern konnte.

Vermutlich ist der auch wegen der Geheimkonferenz hier, dachte sie. Die Frau daneben, im dunkelgrauen Hosenanzug, könnte eine Agentin der BZ-Einheit sein.

Gegenüber der Bar, neben dem Kamin, in dem ein Feuer prasselte, kuschelte sich ein Mädchen mit angezogenen Beinen und einem Buch in einen Sessel. Sie war tränenüberströmt und schluchzte, die letzten Seiten schienen sehr emotional gewesen zu sein. Ein Kellner näherte sich ihr und bot ihr eine große Tasse eines Getränks mit Schlagrahm an.

»*Notre chocolat chaud*, zum Trost«, sagte er auf Französisch. »Auf Kosten des Hauses.«

Das Mädchen nahm einen Schluck, zögerte und lächelte.

Libby, die unwillkürlich den Atem angehalten hatte, freute sich mit ihr – Krise behoben.

Die Atmosphäre erinnerte an ein Wohnzimmer. Der Eindruck wurde durch die breite Fensterfront noch verstärkt, die auf die weitläufige Terrasse hinausging. Die war allerdings verwaist. Die Tische waren mit kleinen Schneehaufen bedeckt, und ein paar Krähen pickten Körner weg.

Hier muss Nina Kandinsky gesessen und sich an der Aussicht und dem kleinen Orchester erfreut haben, dachte Libby.

Auch jetzt lag eine Melodie in der Luft, etwas Walzerartiges, von weither. Esme hatte ein Orchester aus dem Osten erwähnt. Die Istváns Harmonists.

»Güetu Abu, Libby Andersch«, sagte in dem Moment eine Stimme. »Ich habe auf Sie gewartet.« Tonino Padrutt steckte in der personaleigenen dunkelblauen Uniform und deutete eine Verbeugung an. »Sie sind zu spät. Noah habe ich begrüßt, er ist mit den anderen vom Krimiklub im Salle Baccarat verschwunden. Sie schauen sich dort die Schmuckausstellung an, und danach gibt's im Salle Bridge, der direkt danebenliegt, einen Vortrag.«

Von all den Sälen schwirrte Libby der Kopf. Als hätte er das geahnt, reichte Tonino ihr einen selbst skizzierten Grundrissplan.

»Wir befinden uns hier in der berühmten Lobbybar. Rechts davon liegen der große Ballsaal, durch eine Schiebetür mit dem Salle Baccarat verbunden, sowie der Salle Bridge, beide mit Blick auf die Terrasse. Links geht der Einkaufsflur weg, und von dem aus geht's ins Untergeschoss mit dem Spa, dem Kinderklub und der Fromagerie. Da waren wir verabredet, und die will ich Ihnen zeigen.« Er holte sein Handy heraus. »Ich gebe Noah Bescheid, dass Sie sich verspäten.«

Nachdem er das erledigt hatte, wandte er sich wieder Libby zu. »Wir zwei müssen unseren kleinen Talk nämlich jetzt abhalten, nachher bin ich bis um Mitternacht beschäftigt. Ich habe eine doppelte Schicht.«

Während sie die Lobbybar durchquerten, musterte Libby Tonino von der Seite. Kahl war er geworden, dafür trug er nun Bart. Der Frack, die Weste über dem Hemd – alles saß recht satt.

Als er ihren Blick registrierte, klopfte er sich auf den Bauch. »Mein letzter Auftrag war leider in einem Gourmethotel. Von den Britischen Wochen verspreche ich mir ein paar Kilo weniger.«

»Bei Scones und Clotted Cream?« Libby deutete diskret auf einen Kellner, der selbiges an ihnen vorbeitrug.

Tonino lachte, er schien sich sichtlich wohlzufühlen. »Im Palace gibt es so viel zu tun, dass ich nicht zum Essen komme. Heute noch weniger als sonst, da die Politprominenz anreist.«

Sie erreichten den breiten Einkaufsflur, der von Schaufenstern und kleinen Luxusgeschäften gesäumt war, es sah aus wie eine Miniaturausgabe der Zürcher Bahnhofstraße im Advent, nur mit viel weniger Passanten.

Mittagszeit, dachte Libby.

Davon zeugte auch ein würziger Duft in der Luft. Sie bemühte sich, mit Tonino Schritt zu halten, ihrer Hüfte tat die Bewegung ja gut.

»Sagen Sie, ist es möglich, dass ich mit der Frau vom englischen Premierminister einen Schwatz gehalten habe?«

»Pscht!« Tonino blieb stehen. »Es handelt sich um einen inoffiziellen Staatsbesuch. Dass alles verdeckt ablaufen muss, macht es richtig spannend. Das liebe ich an dem Job hier, jeder Tag ist anders.«

In diesem Moment prallte eine junge Angestellte in ihn hinein.

»Lara, spinnst du?« Er strauchelte.

»Sorry, sorry!«

Lara war wendig und bewahrte Tonino vor einem Sturz. Dafür fiel ihr Handy zu Boden. Libby konnte nicht umhin, das Foto zu sehen, das auf dem Bildschirm erschien, ein Mann und ein kleines Mädchen.

»Ihr Vater?«, fragte Libby unwillkürlich.

Lara nickte beiläufig, hob das Gerät auf und steckte es in die Tasche. Sie trug Hosen, statt der üblichen Röcke, ansonsten war ihre Uniform auch blau.

»Sind Sie für die Saison hier?«, fragte Libby.

Lara schien die Frage zu überhören. »Ich muss in die Funfactory, und davor noch zu Britta von Allmen, der Maître d'Hôtel.«

»Warte!« Tonino zeigte auf den Kragen ihrer Kostümjacke. »Der ist voller Haare. Wenn das Britta sieht …«

Von einer Katze, kombinierte Libby. Sie sind weiß und gerade, wohingegen Lara dunkles, lockiges Haar hat.

Lara war laut Tonino eine Neue. »Sie hat erst kürzlich angefangen.«

»Eine Saisonnière?«

Er nickte. »Nett, aber schweigsam.«

Das Palace habe wegen der Britischen Wochen externe Mitarbeiter hinzugezogen. »Es herrscht Ausnahmezustand. Nicht nur wir, ganz Gstaad ist komplett ausgebucht. Aber keine Sorge, Frau Andersch, Sie werden hier schlafen, notfalls auf einer Massageliege im Spa.«

Das Wort stand auf einem Wegweiser, ebenso wie die Funfactory. Dafür mussten sie noch eine Treppe hinunter ins Untergeschoss, wo es nach Hallenbad roch und jugendliche Stimmen aus einem Raum zu hören waren.

Da könnte Noah gut hingehen, dachte Libby.

Schließlich erreichten sie eine wuchtige Tür, die in altmodischen Lettern mit »Fromagerie« beschriftet war. Darunter ein handschriftliches Schild: »Geschlossene Gesellschaft.«

6

Rasch traten sie ein, und Tonino schloss die Tür hinter ihnen.

»Haben wir ein geheimes Treffen?«

Er zwinkerte Libby zu. »Wie immer, wenn wir uns sehen.«

In dem mit Holz ausstaffierten Raum roch es stark nach Käse. Tische mit weiß-rot karierten Tüchern standen dicht an dicht, die Dekoration bestand aus künstlichen Schinken und einem Haufen Käselaibern. Auf der einen Seite war ein geschwärzter Kamin zu sehen, daneben eine Schiefertafel mit dem Essensangebot: Fondue, Raclette, Crêpes und Rösti.

»So viel zum Thema abnehmen«, meinte Libby trocken.

Tonino zuckte die Schultern. »Dafür schwitzt man hier so richtig, weil es nicht nur blick-, sondern auch schalldicht ist. Das Ganze ist ein Bunker, übrigens, das Holz ist nur Verkleidung.« Er klopfte zur Demonstration an die Wand. Es klang hohl. »Im Ersten Weltkrieg erbaut. Und so sicher, dass die Schweizer Bankgesellschaft im Zweiten Weltkrieg hier ihr Geld, das Gold und Aktienpapiere verwahrte.«

Libby war erstaunt. »In einer Käsestube?«

»Ein sicherer Ort, mitten in den Alpen, von Fels und Gestein umgeben und aus unzerstörbarem Beton gebaut. – Sehen Sie es sich ruhig an.« Er trat hinter die Bar und rumorte herum.

Libby nahm den Raum in sich auf, ging hin und her, ließ die Finger über die Holzverkleidung gleiten. Durch eine halb geschlossene Schiebetür erspähte sie in einem zweiten Raum ein Mikrofon, Kabel und einen Bildschirm, ein Hinweis, dass hier etwas stattfinden würde.

»Na, was sagen Sie?« Kaffeeduft überdeckte den Käse. Tonino hatte sich einen Espresso herausgelassen.

»Interessant.« Libby begab sich zu ihm. »Ich kann mir nun vorstellen, warum Nina Kandinsky so häufig ins Palace gekommen ist. Bestimmt hoffte sie, ihren Schmuck hier unten im Bunker einschließen zu können? Beschützt von Betonmauern und jahrtausendealten Felsen.«

»Eine interessante Theorie, Frau Andersch. Ich wette, dass sie in keiner Polizeiakte steht.«

Er bat Libby, an einem der Tische Platz zu nehmen. Während sie ihr Lodencape über die Stuhllehne hängte, stellte er den Espresso hin und servierte ihr eine Kugel Zitronensorbet. »Mit einem Schuss Wodka. So wie Sie es mögen.«

Sie setzte sich und probierte einen Löffel. Sauer, süß und scharf zugleich.

Auch Tonino hatte sich gesetzt. Eine Weile löffelte Libby schweigend. Die kleine Pause tat gut.

»Und wo ist diese ›geschlossene Gesellschaft‹? Es ist doch Essenszeit.«

»Die Fromagerie ist nur abends in Betrieb. Tagsüber ist es zu dunkel, ohne Fenster, wir befinden uns unter der Erde. Mein Dienst hier beginnt um achtzehn Uhr.«

»Was tun Sie als Butler in einer Fromagerie?«

»Ich bin als sogenannter Maître de Plaisir engagiert. In der Funktion kümmere mich um das Wohl der Gäste, egal ob in der Funfactory, in einem der fünf Restaurants, den zwei Bars, dem Spa oder eben in der Fromagerie.« Seine Stimme wurde leiser. »Heute Abend ist sie für die Öffentlichkeit geschlossen. Weil hier eine Konferenz stattfindet.«

»Mit dem Premierminister von England?«

Tonino staunte. »Sie wissen es schon?«

Libby lächelte. Der britische Premier in Gstaad! Ob Margot statt vom König auch von ihm ein Autogramm akzeptieren würde?

»Ich bin wirklich beeindruckt. Es ist den Beteiligten gelungen, dies geheim zu halten, nichts ist durchgesickert. – Und dabei habe ich drei Tageszeitungen abonniert, davon eine englische.«

»Im Palace halten die Angestellten eben dicht. Das ist der Geist des alten Robert Steffen. Darum sind diplomatische Treffen hier keine Seltenheit.«

»Was verhandeln die denn?«

Bei dem inoffiziellen Staatsbesuch ginge es angesichts der Weltlage um eine Intensivierung der Zusammenarbeit zwischen der Schweiz und Großbritannien im Sicherheitsbereich.

»Ausgerechnet.«

»Die wollen ein Abkommen treffen.« Tonino signalisierte mit der Mund-zu-Geste, dass er nicht mehr preisgeben würde. Ähnlich hatte auch Sämu Spychiger reagiert, eine Art Untergrundkommunikation, wie es schien.

»Wen schicken denn die Schweizer?«

»Einen Bundesrat, Politiker aus dem Verteidigungsdepartement und ein Rudel Diplomatinnen und Diplomaten.«

Das klang nach der Crème de la Crème. Libby fiel etwas ein. »Politprominenz bedeutet ein hohes Sicherheits- und Überwachungsaufkommen, und in deren Windschatten segeln auch die Kronjuwelen.«

»Sie haben es erfasst.« Tonino nickte ihr zu. »Keine Versicherung der Welt hätte die ›Reise‹ der Kronjuwelen ohne besondere Vorkehrungen zugelassen.«

»Sind die denn schon hier?«

»Ich weiß es nicht. Marc Split soll angeblich als Lieferant agieren.«

Endlich war das Gespräch da, wo Libby es gern haben mochte, bei der Familie Split. »Kennen Sie Marc? Wie sieht er aus?«

»Wie eine dynamischere Ausgabe seines Bruders. Groß, mit grauen Schläfen. Elegant.«

Die Beschreibung traf nicht auf den Mann zu, der sich mit Remo Split geprügelt hatte.

Nur um sicher zu sein, fragte Libby Tonino, ob ihm der Name Adrien bekannt sei.

»Irgendwie schon. Aber nicht im Zusammenhang mit den Split-Brüdern. Warum wollen Sie das alles wissen?«

Libby erzählte ihm von dem Streit. »Ich kann mir nicht vorstellen, dass das ein Zufall ist. Die Schmuckausstellung, die Kronjuwelen, ein geheimes Politikertreffen, und dann wird der Chef einer Firma für Sicherheitstechnik angegriffen. Ich bin versucht, damit zur Polizei zu gehen.«

Tonino beruhigte sie. »Ich denke, die haben das im Griff. Wir sind hier besser bewacht als der Tower von London. Erst ist da die offizielle Dorfpolizei in Uniform, dann die Bupos, das sind …«

Libby unterbrach ihn. »… die Bundespolizisten, in dunkelgrauen Anzügen. Die sitzen draußen in Autos und anderen Gefährten und sehen aus wie du und ich. Etwas geschniegelter, darum eher nicht wie ich. – Dazu kommen die Securitas der Firma ChalSec in Silbergrau, das Hotelpersonal in Dunkelbau und die Leibwächter des Premierministers in Schwarz.«

Tonino blieb der Mund offen stehen. »Wie lange sind Sie hier? Zwei Stunden? Und Sie wissen mehr als ich.«

Seine Uhr piepste wie ein Wecker. »Meine Pause ist vorbei.« Er stand auf, ging zum Waschbecken, um die Tasse und Libbys Glas zu spülen. »Wirklich blöd, dass der Krimiklub nicht zum Ball eingeladen ist. Ich hätte zu gern mit Ihnen Walzer getanzt, Frau Andersch. Wie im Matterhorn, erinnern Sie sich?«

»Und ob, Herr Padrutt.« Danach hatte ihre Hüfte eine Woche lang geschmerzt, aber es hatte sich gelohnt.

Auch Libby erhob sich. Sie hatte sich von Toninos Gegenwart hinreißen lassen und fast ihre Aufgabe vergessen. »Bevor Sie gehen, habe ich noch eine Frage … Wissen Sie, ob jemand vom langjährigen Personal damals näheren Kontakt zu Nina Kandinsky hatte?«

»Natürlich. István Toth, der Orchesterchef der Harmonists.«

Das bestätigte die Aussage von Sämu Spychiger. »Seine Bandmitglieder wechseln, aber er hat kein Jahr ausgelassen, sagt man.«

»Wo finde ich ihn?«, fragte Libby.

»Sie proben im Ballsaal. István trägt immer einen karierten Schal. Elegant, alte Schule.« Erneut klingelte sein Wecker. »Finden Sie allein hinaus? Und schön die Tür schließen, offiziell sind wir nie hier gewesen.« Mit einem Fuß stand er bereits draußen.

»Moment, warten Sie noch … Was ist mit unserem Zimmer?«

»Ich schreibe Noah«, erwiderte Tonino. »Das wird schon klappen.«

***

Libby ging noch mal zum Tisch zurück, um ihr Cape zu holen. Sie beschloss, einen Blick in den zweiten Raum zu werfen. Nebst der technischen Ausrüstung war er leer, der Boden sauber gefegt und die Decke mit Stahlträgern verstärkt. An der Wand hing ein vielleicht zwei auf einen Meter großes Bild, das das Bergpanorama mit dem Palace aus dem Blickwinkel der gegenüberliegenden Talseite zeigte – keine künstlerisch hochstehende Arbeit, es stach nur ins Auge, weil es sich um den einzigen Gegenstand in dem leeren Raum handelte.

Ob dahinter ein Tresor in die Wand versenkt war? Wenn ja, wäre es nur logisch, die Kronjuwelen hier aufzubewahren.

Gerade als Libby nach einer verdeckten Kamera Ausschau hielt, waren vom Restaurantteil her Schritte zu hören. Sie entschied, dass es besser war, sich nicht bemerkbar zu machen. Hinter der Schiebetür blieb sie stehen.

Wieder Schritte. Dann eine Stimme. »Ich bin's.«

Sofort erfasste Libby das Gefühl einer Bedrohung.

Die Person sprach schnell, Englisch, mit einem Akzent, eine Mittellage, das kannte Libby vom Chor. Schwierig einzuschätzen, ob es ein Mann oder eine Frau war. Es folgte eine Pause, und ein Trommeln war zu hören, wie von einem Schuhabsatz.

»Kennst du mich nicht?« Und nach einer weiteren Pause: »Keine gute Idee. Fahr heim. *Asshole.*«

Es wurde immer bedrohlicher. Libby spürte, wie ihre Hüfte vom Stillstehen zu schmerzen begann.

»Wer ich bin? Kein Freund. Dein Plan ist so leicht durchschaubar – du kannst dich auch gleich der Polizei stellen.«

Libby versuchte, ihr Gewicht etwas zu verlagern.

»Es braucht Präzision und Timing. Und Hirnmasse. Aber die ist bei dir nicht vorhanden. Du bist so *fucking* narzisstisch.«

Die Person holte Luft. Der aggressive Ton des Gesprächs schien sie zu fordern, auch wenn die Worte leicht daherkamen.

»Du weißt es nicht? Victoria ist angekommen. Acht Kameras. Tonnenweise Security. Vor dem Haus, im Haus. Die musst du austricksen. Nur, wo setzt du an? Und lohnt es sich? Es könnte auch eine Kopie sein. *Eine Kopie, got it?*«

Einundzwanzig, zweiundzwanzig … es war, als würden die Fromagerie, die Tischdecken, der Wodka und die Käselaibe den Atem anhalten. Offenbar hatte das Wort Kopie eine große Bedeutung.

»Natürlich, was hast du denn gedacht?«

Wieder gab es eine Pause.

»Diane?«

Wer war Diane? Noch eine Pause.

»Kein Kommentar. Ich mache alles platt. – Er wäre stolz.«

Danach wurde der Atem so flach und angespannt, dass Libby sich beim bloßen Zuhören verkrampfte.

»Es war sein Recht, hörst du, sein Recht.«

Ein Knall, als ob etwas zu Boden fiel. »An den Steinen klebt Blut. Also, sieh dich vor.«

Schließlich war eine Art Schluchzen zu hören. »Das Collier gehört mir, nicht dir. Und jeder, der sich mir in den Weg stellt, ist tot.«

Nach einem lauten Klirren machte Libby einen Schritt nach vorn und spähte vorsichtig um die Schiebetür herum. Sie erblickte eine Person mit Kappe. Sie war mittelgroß, wirkte äußerst agil und zog sich gerade ein braunes Jackett mit Schulterpolstern über. Ihr Gesicht lag im Schatten. Hatte sie Libby gesehen? Sie bewegte sich leicht, fast schwerelos zur Tür und war weg.

Auf dem Boden lagen die Scherben des frisch gespülten Eisbechers. Ein Blick auf die Armbanduhr zeigte Libby, dass es vier Minuten nach drei war.

7

Libby hastete durch das Untergeschoss und ignorierte ihre knarzende Hüfte. Die Person hatte vielleicht fünfzehn Sekunden Vorsprung.

Das Collier gehört mir.

Auf die Gefahr hin, das Ganze falsch zu gewichten, interpretierte Libby das Telefonat so, dass die Person vorhatte, das Collier zu stehlen, von dem auch eine Kopie im Umlauf war. Die Sicherheitsvorkehrungen machten ihr keine Angst, sie kannte sich damit aus, sie hatte auch keine Skrupel, Gewalt anzuwenden. Sie könnte eine Bedrohung sein, und das an einem Wochenende, an dem ein Weltpolitiker und seine Familie im Hotel zu Gast waren!

Aus der Funfactory dröhnte pulsierende Musik. Die junge Angestellte Lara stand an den Türrahmen gelehnt und schien die Kinder zu beaufsichtigen. Eine Tätowierung an ihrem Hals, die Libby bei der Begegnung davor nicht aufgefallen war, zeigte einen gläsernen Lampenschirm, mit bunten Teilen in Rot, Grün und Schwarz.

»Pardon, ist hier eben jemand vorbeigegangen? Über den Flur?«

Lara hob die Augen nicht von ihrem Handy. »Nur Tonino.«

»Kurz nach ihm.«

»Vielleicht jemand, der ins Spa wollte?«

Das war der Wellnessbereich weiter vorn.

Aber auf dem langen Korridor war niemand zu sehen. »Sind Sie sicher, Lara?«

Ein Schulterzucken. »Ich war auf mein Handy konzentriert.«

Und wenn er sich in der Funfactory versteckte? Oder sie?

»Darf ich mal kurz hineinschauen?«

»Bitte sehr.« Lara trat einen Schritt beiseite.

Einige Kinder, darunter die beiden von eben, lümmelten im Halbdunkel auf Kissen am Boden. Jedes von ihnen hatte eine Schüssel Popcorn und ein Getränk vor sich, während auf einer Leinwand ein Film lief. Die Szene stellte einen Akrobaten dar, der im Takt der Musik Saltos schlug, um irgendwelche Strahlen zu überwinden.

»Gibt es hier keine Sicherheitsleute?«

Lara deutete zur Seite. An die Wand gelehnt stand dort ein Leibwächter im schwarzen Anzug, der Blick aufmerksam, das Kinn gereckt, die Hand am Gürtel, wachsam.

»Kann man vom Spa direkt nach draußen gelangen?«, fragte Libby weiter.

»Sonst ja. Aber im Moment ist abgeschlossen, weil das Außenbecken geputzt wird. Kommen Sie später wieder.«

Als ob Libby baden wollte.

»Was ist der kürzeste Weg zur Lobbybar? Über die Treppe?«

Lara nickte gelangweilt.

Libbys Armbanduhr besagte, dass zwei Minuten vergangen waren. Libby stieg die Treppe hoch.

Die Person, die das Collier rauben wollte, konnte jeder

sein, ein Besucher oder ein Gast – um ins Hotel zu kommen, brauchte man schließlich kein Leumundszeugnis. Libby versuchte, sich Details der Aussprache in Erinnerung zu rufen, um einen Hinweis auf Geschlecht und Herkunft zu erhalten: Das R war leicht gerollt gewesen, kehlig, die Vokale gedehnt, wie bei einem Bündner oder Walliser Akzent. Also jemand von hier. Und die Mittellage könnte entweder ein Alt oder ein Tenor sein. Aber mit diesen Angaben zur Polizei zu gehen, würde nichts bringen. Libby brauchte mehr.

Drei Minuten.

Im Gegensatz zu vorher war im Einkaufsflur die Mittagsruhe vorbei, die Menschen drängten sich.

Libby bemerkte mehrere Männer in braunen Jacketts mit Schulterpolstern. Es passte zur Kleiderordnung, leger, aber mit Stil. So gesehen war die Verkleidung der Person – und es war eine, da war Libby sicher – klug gewählt.

Noch einmal spulte sie das Gespräch im Kopf ab, das zum Schluss hochemotional gewesen war, die Person hörbar außer sich. Sie hatte zwei Namen erwähnt: Victoria und Diane. Gab es auch eine Diane-Kollektion? Oder war Diane eine Mitstreiterin? *Es gehört mir, nicht dir.* Das deutete auf einen Kampf, zwischen zweien, die dasselbe wollten. Das Collier.

Libby drehte sich um die eigene Achse. Ein Herr blickte sie an, als wäre sie betrunken. Links vor einer Ladenfläche mit Kleidern stand ein Paar. Er trug einen brauen Blazer, war aber zu füllig. Weiter vorn begutachtete eine Gruppe Uhren in einer Vitrine. Eine Floristin transportierte üppige Blumenbouquets auf einem

Wagen. Rechts ging es zu einem Schönheitssalon. Vor dem Empfangstresen hatte sich eine Schlange gebildet. Ein junger Mann hatte sich zum Telefonieren von seiner Begleiterin abgewandt.

»Rehschnitzel ist keine Option. Weißt du, was vegan bedeutet?«

Vier Minuten.

In der Lobbybar herrschte Après-Ski-Stimmung. Das Mädchen mit dem Buch hatte ein neues angefangen. Ein Jüngling bestellte an der Bar, ein anderer begrüßte ein paar Freunde und ein Kind kroch um einen Sessel herum. Ein Securitas von ChalSec hatte sich prominent aufgestellt. Libby rief sich Toninos hingekritzelte Skizze in Erinnerung. Dahinter mussten sich die Schmuckausstellung und der Ballsaal befinden.

In dem Moment öffnete sich die Tür, und ein Mann mit einem karierten Schal kam heraus. Er war in ein Telefonat vertieft.

István Toth, dachte Libby, der Dirigent. Tonino und Sämu Spychiger hatten ihn erwähnt, er hatte mit seinem Orchester für den Ball geprobt. Er ging so energisch, als stünde er unter Strom, dazu gestikulierte er mit der freien Hand.

Libby begab sich unauffällig in seine Nähe. *»Where are you, you idiot!«*

Auch er sprach Englisch mit einem Akzent. Libby schätzte ihn als ungarisch ein. Ihre beste Freundin im Chor war Ungarin. Sie dehnte die Vokale im Deutschen, und ihr R war leicht gerollt, genau wie bei István Toth.

Nun blieb er stehen und drehte sich zur Seite, sodass Libby sein Profil sehen konnte. Dann folgte ein zorniger Fluch und er legte auf. Könnte er die Person aus der Fromagerie sein?

Libby entschied sich, mit ihm zu sprechen. Doch er wurde von der Maître d'Hôtel auf die Seite gewinkt. Wie vom Donner gerührt beobachtete Libby, wie er eine Hand auf Britta von Allmens Oberarm legte, während die beiden miteinander sprachen, es wirkte äußerst intim.

Die mochten sich. Oder mehr.

Da quoll eine Menschengruppe herein. Sie waren laut, hatten rote Wangen und brachten eiskalte Schneeluft und viel Energie mit. Als Libby wieder Durchblick hatte, war István Toth verschwunden und Britta von Allmen kam auf sie zu.

»Frau Andersch! Sie werden vermisst. Ihre Kollegen vom Krimiklub sind eben in den Salle Bridge gegangen, nachdem sie sich die Schmuckausstellung angeschaut haben.«

»Ich wollte eigentlich mit István Toth sprechen. Ich hätte da ein paar Fragen zum Orchester. Ich habe gehört, dass er schon lange dabei ist.«

Britta reagierte ganz natürlich, so als ob es normal wäre, dass sie nach István gefragt wurde. »Er macht Mittagspause. Am Nachmittag proben sie im Saal. Wenn Sie möchten, können Sie auch noch kurz in die Ausstellung gehen. Sagen Sie dem Securitas neben der Tür einfach einen Gruß von mir.«

Libby kämpfte sich durch die Lobby und bat den Mann im silbergrauen Anzug um Einlass.

»Ich bin zu spät, weil ich aufs stille Örtchen musste. Britta von Allmen hat gesagt, es sei in Ordnung.«

Der Securitas zögerte. Dann schirmte er seinen Mund

ab und sprach ein paar Worte in breitestem Berndeutsch in ein kaum sichtbares Mikrofon an seinem Kragen.

»So eine alte Schachtel aus Zürich«, glaubte Libby zu hören. Sie war nicht beleidigt, sie wusste, dass Zürcher hier oben nicht nur beliebt waren.

Nachdem der Securitas das Gespräch beendet hatte, zückte er einen Badge und schloss die Tür auf.

Es dauerte einen Moment, bis sich Libbys Augen an das dämmrige Licht gewöhnt hatten. Die Luft war abgestanden, die Läden waren geschlossen, und nur die Notbeleuchtung brannte. Am Boden lag der gleiche flauschige Teppich wie in der Lobbybar, es gab einen Kamin und geschwungene Stühle. Durch eine lang gezogene, geöffnete Schiebewand, ähnlich wie die unten im Bunker, gelangte man in den Ballsaal, der noch nicht festlich wirkte. Die Decke war schmucklos, der Boden aus zerkratztem Holz und die Wände waren kahl. Auf einem Podest standen Notenständer herum.

Der Securitas, der Libby nicht von der Seite wich, räusperte sich. »Hier ist niemand. Ich dachte, Sie wollten den Schmuck anschauen.«

»Das Beste spare ich mir zum Schluss auf.«

Libby ging zurück in den Salle Bridge, wo inzwischen ein Scheinwerfer eingeschaltet war, um die fünf oder sechs Vitrinen voller Schmuck zu beleuchten. *Diamonds are forever*, prangte in geschwungener Schrift auf einem Plakat an der Wand.

Eine der Vitrinen stand leicht erhöht. Libby hielt den Atem an. Ein Collier ruhte auf einem weißen Kissen. Der tropfenförmige, klare Diamant, der Cullinan 10, steckte in einer feinen Fassung, die wiederum an einer Kette aus

Weißgold befestigt war. Deren zarte Glieder waren mit unendlich vielen Brillanten bestückt.

Eine Kopie, got it!, hatte die Stimme gesagt. Könnte das die Kopie sein?

Aus ihrer Zeit am Institut rief Libby sich in Erinnerung, wie man Schmuckfälschungen erkannte. Wenn sie eine Zeitung darunterlegen könnte, wären bei einer Kopie die Buchstaben lesbar. Eine weitere Option wäre, den Diamanten anzuhauchen. Beides war hier nicht möglich, aber es gab noch einen anderen Trick.

»Können Sie noch mehr Licht machen?«, bat sie den Securitas.

Der murrte zwar, schaltete jedoch einen zweiten Scheinwerfer ein. Die Steine funkelten kaum. Das war sehr aufschlussreich.

»Stop. Können Sie nicht lesen? Da ist ein Schild. – Außerdem gibt es Lichtschranken und acht Kameras.«

Libby blieb stehen. Acht Kameras hatte auch die Person am Telefon erwähnt, fast wortwörtlich. Sie sah den Securitas mit neuen Augen an. Nein, es gab keine Ähnlichkeit. Er war zwar jung, wirkte aber alles andere als agil.

»Könnte jemand dieses Sicherheitssystem lahmlegen?«, fragte sie.

»Wieso? Planen Sie, den Schmuck zu klauen?« Sein Blick war wachsam. »Vergessen Sie es. Die Vitrine ist in den Boden geschraubt und aus Panzerglas. Den Schlüssel zum Öffnen haben nur die Verantwortlichen. Für Notfälle gibt es einen Panikknopf. Ein Diebstahl ist absolut unmöglich.«

Libby zeigte auf die Fenster. »Und die Läden? Die könnte man doch aufstemmen.«

»Festgedübelt und verstärkt.«

»Dübel kann man aufbrechen.«

»Was wollen Sie eigentlich?« Er schob Libby barsch in Richtung Tür.

»Es geht um einen allfälligen Juwelenraub …«

»Gehen Sie!«

»Nur wenn Sie aufhören, mich zu belästigen.« Libby wartete, bis der Securitas seine Pranke von ihrer Schulter genommen hatte. »Da fällt mir noch was ein: Sie sind sich sicher, dass das Collier echt ist?«

Das warf ihn doch aus der Bahn. »Also …«

»Und was, wenn es eine Kopie ist? Dann müsste ja irgendwo das Original sein. Vielleicht unten in der Fromagerie?«

»Raus! Auf der Stelle!«

8

Sie wollten einen hypothetischen Schmuckraub melden und der Securitas von ChalSec hat Sie nicht ernst genommen?«, fragte einer der beiden Bupos, der die Scheibe hinuntergelassen hatte. Er thronte auf dem Beifahrersitz wie eine Mozartkugel: klein, mit lockigem Haar und roten Wangen, als hätte er an der frischen Luft zu viel Kaffee-Schnaps konsumiert.

»Aufgrund einer telefonischen Konversation, die ich mitgehört habe.« Libby beschrieb die Situation in der Fromagerie.

»In einem Käseladen?«

»Im Fondue-Restaurant im Untergeschoss des Palace, das auch ein Bunker ist.«

Der Kurze versuchte, einen Blick seines Kollegen zu erhaschen. Der saß am Steuer und fläzte sich in seinen Sitz, um zu vermeiden, dass er mit dem Kopf an der Decke anstieß. »Im Bunker gibt's kein Fondue.«

Er kannte die Geschichte des Hotels offenbar nicht.

Schlecht vorbereitet auf die Aufgabe, dachte Libby.

»Doch. Sie können das im Internetz nachlesen.«

»Im Internetz?«

Libby wusste natürlich, dass es anders hieß, sie hatte es sich einfach so angewöhnt. »Da steht auf jeden Fall alles über das Hotel drin. Nicht aber, dass hier eine geheime Sicherheitskonferenz stattfindet und wichtige politische

Persönlichkeiten, deren Namen man geheim hält, vor Ort sind.«

Der Kurze zuckte zusammen.

Aha, dachte Libby. »… und in dem Zusammenhang auch Kronjuwelen. Wobei die öffentlich ausgestellt werden. An einem Ort, wo einmal ein Juwelenraub stattfand.«

Als dies keine Reaktion bei den Bupos hervorrief, reichte es ihr. »Wollen Sie nichts unternehmen?«

»Ehrlich gesagt klingt das reichlich verwirrend.«

Das mochte sein. Libby war sehr bewusst, dass sie einen alten Fall mit aktuellen Ereignissen vermischte. Aber das waren Sicherheitsleute, die jedem Hinweis nachgehen und sie nicht abwimmeln sollten.

»Nichts für ungut, dann mach ich mich aus dem Staub. Und lausche dem Vortrag eines Juweliers, der verprügelt wurde. Er wird uns übrigens von der erwürgten Nina Kandinsky erzählen.« Sie drehte sich um. »Auch der Fall wurde nie gelöst. Die Gstaader Statistik ist miserabel.«

Langsam ging sie davon. Einundzwanzig, zweiundzwanzig …

»Warten Sie!«, tönte die Stimme des Kleinen in ihrem Rücken. »Wie lief denn diese telefonische Unterhaltung genau?«

Libby blieb stehen. »Die Person hat verschiedene Drohungen ausgestoßen.«

»Wie weit stand sie denn von Ihnen entfernt?«

»Ein paar Meter.«

»Also können Sie sich verhört haben.«

»Mein Gehör funktioniert eins a. Die Person hat erwähnt, dass an den Steinen Blut klebt.«

Der Lange schwieg stoisch vor sich hin, während der Kurze den Kopf weit aus dem Fenster streckte. »Wie kommen Sie darauf, dass damit Juwelen gemeint waren? – Hier wimmelt es von Gestein, wir befinden uns in den Alpen, gute Frau.«

Er deutete mit dem Kinn in Richtung des Berges, der sich am Ende der Straße hochzog, erst bewaldet, danach verschneit, mit schroffen Felsen, ins Licht der Nachmittagssonne getaucht, in der sich blitzende Sprengsel mit bläulichen Schatten abwechselten.

»Ich habe von Blut gesprochen, und nicht von Schnee. Der Name Victoria ist gefallen.«

Der Kurze stöhnte auf. »Wollen Sie uns verarschen? Victoria ist der Name der Gattin eines berühmten britischen Fußballers.«

»... und der einer noch berühmteren Königin. Die stand Patin für die Juwelensammlung.«

»Sind Sie Schmuckexpertin?«

»Das haben wir im Krimiklub gehört.«

»Im Krimiklub?«

Es reichte Libby. Schwungvoll drapierte sie ihr Cape. »Egal. Ich lasse Sie gemütlich in Ihrem Auto lümmeln und die Umgebung beobachten. Sollte der Schmuck, den die Gattin des Premierministers morgen Abend zum Ball trägt, gestohlen werden, hätte ich Sie dann gewarnt.«

»Also gut ...« Der Kurze stieg aus und schlenderte zu ihr. »Geben Sie uns eine Beschreibung!«

»Vom Premierminister?«

»Des Mannes, den Sie des geplanten Juwelenraubs verdächtigen.«

»Es könnte auch eine Frau gewesen sein. Auf jeden Fall trug die Person – so nenne ich sie – ein braunes Jackett und eine Kappe, als Verkleidung natürlich. Sie war mittelgroß und machte geschmeidige Bewegungen.«

Der Lange war nun auch ausgestiegen. »Wiederholen Sie das Adjektiv!«

Es war eine Falle, Libby konnte es spüren. »Geschmeidig.«

»GeSCHmeidig? Schsch?« Er tat, als ob er schnüffelte. »Haben Sie vielleicht etwas getrunken? Ein kleines Schnäpschen?«

Alles gelogen, Wodka konnte man nicht riechen. Dennoch behandelten sie Libby wie eine schwerhörige Zürcher Schnapsdrossel, von der sie sich nichts sagen ließen.

»Sie nehmen mich also nicht ernst, wie Ihr Kollege von ChalSec? Und Sie gehen der Sache auch nicht nach?«

»So viel Manpower haben wir nicht.«

»Dann werde ich mich persönlich darum kümmern.«

***

Selbst als Libby die Tür zum Salle Bridge erreichte, um sich wieder dem Krimiklub anzuschließen, war sie noch verärgert. *An den Steinen klebt Blut.* Wer so eine Drohung nicht ernst nahm, war einfach nur dumm. Noch dümmer aber war sie selbst, Libby Andersch, die die Person aus den Augen gelassen hatte, um sich stattdessen mit faulen Sicherheitsleuten herumzuschlagen, die voller Vorurteile steckten.

Selbst schuld, Elisabeth, dachte sie. Aber jetzt lass die

Sache mal ruhen und konzentrier dich auf deine andere Aufgabe, wir haben einen Wettbewerb zu gewinnen.

Sie rief sich noch mal in Erinnerung, was sie über den Kandinsky-Fall in Erfahrung gebracht hatte, und betrat auf leisen Sohlen den Saal. Er war klein und modern eingerichtet. Die anderen vom Krimiklub saßen im Halbdunkel auf Stühlen, Noah ganz hinten, Helen in der Mittelreihe und Nils vorn neben Esme. Sie hatte sich ihrer pink karierten Jacke entledigt, ihre Tonausrüstung aufgebaut und trug Kopfhörer. Das Mikrofon war auf einen Ständer geklemmt und auf das kleine Podest gerichtet.

Dort stand, ins Licht einer Spotlampe getaucht, Remo Split vor dem Plakat mit der Perlenkette und dem Palace. Er wirkte reichlich fehl am Platz, immer noch im zu engen Anzug, aber mit einer Mütze mit Krempe und einer alten, etwas verbogenen Sonnenbrille. Der Mann neben ihm, sein Bruder, war ein Stück größer, vornehm, mit grauen Schläfen, voller Energie und gleichzeitig entspannt.

»Da bist du ja endlich, Tante Andersch«, flüsterte Noah, nachdem sie sich neben ihn gesetzt hatte. »Wann gehen wir?«

»Willst du gewinnen oder nicht? Da müssen wir durch.«

»Aber die beiden Splitter sind zum Gähnen langweilig. Bis jetzt haben sie uns nur begrüßt. Und keiner hat den Gärtnergehilfen erwähnt, dabei ist der der Täter.«

Noahs Direktheit versetzte Libby wieder in bessere Laune. »Und wozu trägt der Kleinere eine Sonnenbrille?«

»Eine Augenentzündung, hat er gesagt.«

Denkste. Libby holte die rote Wolle und die Ersatznadeln aus der Tasche. »Und sonst, alles im grünen Bereich?«

»Nils ist zu spät gekommen, wie du. Esme war stinksauer.«

Libby begann mit der Maschenaufnahme. Dabei musterte sie Nils, seine Haltung und die Art, wie er unruhig auf dem Stuhl herumwippte. Plötzlich hatte sie einen Geistesblitz. Könnte er die Person aus der Fromagerie gewesen sein und das Jackett mit dem Regenmantel vertauscht haben? Stimmen konnte man verstellen, ungepflegtes Auftreten vortäuschen.

»Darf ich dann um Ihre Aufmerksamkeit bitten?«

Marc Split ergriff eine Fernbedienung und blickte zu einem Monitor, auf dem verschiedene Bilder erschienen, die er kommentierte. Sein Berndeutsch wies einen leicht französischen Akzent auf, und er benutzte viele Fachausdrücke aus der Edelmetallbranche: Karat und Lufteinschlüsse, Schliff und Farben, Kalette, Galvanik, Brillanz sowie Amalgationsverfahren und andere Prozesse zur Gewinnung und Reinigung.

Als Libby bemerkte, dass die anderen reichlich überfordert schienen, unterbrach sie die Strickerei und hob die Nadel.

»Könnten wir zum Kandinsky-Fall kommen, bitte? Am Sonntag sollen wir im Radio eine Lösung präsentieren. Die Zeit läuft uns davon.«

Alle drehten sich zu ihr um.

»Und wer sind *Sie*?« Marc Split tat überrascht, Remo hingegen zuckte zusammen. Ahnte er, dass sie Zeugin der Prügelei geworden war?

»Das ist Libby Andersch«, erklärte Esme. »Wo warst du so lange? Wir haben uns Sorgen gemacht.«

Libby schob ihre steife Hüfte als Grund vor und erwähnte die Kutschfahrt mit Margot. Die meisten gaben sich mit dieser Erklärung zufrieden, nur Nils wirkte argwöhnisch.

Du bist auch nicht nur sauber, mein Freund, dachte Libby und erwiderte seinen Blick.

Marc Split räusperte sich. »Dann legen wir los.« Er drückte auf die Fernbedienung, das Bild wechselte. »Das ist Nina Kandinsky.«

Die Projektion zeigte eine zierliche Frau mit Kurzhaarfrisur und in einem dunklen Kleid. Ihre Miene war freundlich und fragend zugleich. An den Ohren baumelten Brillanten, am Arm und um den Hals trug sie je eine Perlenkette. Sie sah verletzlich aus.

Libby ballte eine Faust. Nina hatte sich ein Leben lang krummgelegt für die Kunst ihres Mannes, und dann verbrachte sie ihre letzten Sekunden in der Gegenwart eines Mörders. Das Leben war manchmal ungerecht.

»Die Kette, die sie trägt, ist das die Tatwaffe?«, fragte Esme in die Stille hinein.

»Sie könnte es gewesen sein.«

Marc Split führte aus, dass Nina Kandinsky eine große Menge an Schmuck besessen hatte.

»Der Wert befand sich im zweistelligen Millionenbereich. Und das meiste trug sie an sich. Schon als kleiner Dorfbub, ein Stumpen von drei oder vier Jahren, habe ich gewusst, dass die Kandinsky immer beladen mit Schmuckstücken durch die Gegend lief. Manchmal bis zu einem Kilo.«

»In unserem Hörspiel war es aber weniger«, bemerkte Helen. Bevor das Ganze in eine Diskussion ausarten konnte, bedankte sich Esme bei Marc Split, seine Ausführungen würden ein wichtiger Bestandteil der Sendung von Sonntag sein.

»Für uns steht jetzt das Mittagessen an, wir sollten pünktlich sein. Sie beide sehen wir dann beim Aperitif wieder.«

Kaum waren die Brüder Split draußen, schaltete Esme das Deckenlicht ein. »Ziehen wir kurz Zwischenbilanz. Hat schon jemand einen Hinweis gefunden, der den Cold Case in eine neue Richtung bringen könnte?«

Als niemand sich meldete, hob Libby erneut die Nadel.

»Ich würde die Theorie stützen, dass sich die Ermittler bei der Tätersuche zu wenig auf das direkte Umfeld der Toten konzentriert haben. Nebst dem Architekten und dem Berner Museumskurator haben Noah und ich auch den Gärtnergehilfen im Auge.«

Jemand lachte spöttisch auf. »Der Mörder ist immer der Gärtner, oder wie?«

Libby ließ sich nicht aus der Ruhe bringen. »Noahs Theorie. Sie ist bestechend, und ich kann euch erklären, warum. – Was denkt ihr, war Nina eine organisierte Person?«

»Keine Ahnung. Darüber steht nichts in dem Zeitungsbericht, den wir gelesen haben.«

»Aber es ist einfach herauszufinden, wenn man zwischen den Zeilen liest. Als Frau eines Künstlers musste Nina *natürlich* organisiert sein. Zu der Zeit gab es kaum Agenten und Ähnliches. Genau wie viele andere Frauen berühmter Männer hat sie die Administration übernommen. Dies behielt sie vermutlich auch nach Wassilys Tod bei. Eine Folge davon könnte der immer gleiche Tagesablauf gewesen sein. Genau deswegen hat der Täter nicht damit gerechnet, dass sie früher kommen würde. Er dachte, er hätte Zeit, und dann stand sie plötzlich da. Seine Reaktion ist hektisch und außer Plan gewesen. Er hat im Affekt gehandelt. Würgen mit der Perlenkette ist keine sonderlich komfortable Todesmethode. Die wenigsten würden sie freiwillig wählen.«

»Voll«, pflichtete Noah ihr bei. »In meinen Games nehmen sie Keulen und so was. Würgen ist viel zu riskant.«

Ein kollektiver Laut ging durch den Raum.

Libby wandte sich wieder an Esme. »Nach der Tat wollte der Mörder nichts wie weg. Darum nahm er nur den Schmuck mit und ließ die Bilder hängen.«

»Und wie erklärst du dir die herumliegenden Düngerbeutel?«

»Auch da hat Noah eine Theorie.«

Er nickte. »Tarnung. Er tut nur so, als wäre er der Gärtner. Genau wie Miles Morales. Bis er sein Superheldenkostüm auspackt und die Maske montiert.«

Da habt ihr es, sagte Libbys Miene.

Esme lachte gezwungen. »Wow. Ihr kriegt zehn Punkte extra. Der Fall ist praktisch gelöst.«

Die anderen flüsterten, ein gewisser Unmut machte sich breit. Na bravo, dachte Libby. Da bist du wieder mal über das Ziel hinausgeschossen.

»Ach wo.« Sie dachte an die beiden Bupos. »Es sind nur die Gedanken einer verhinderten Schnapsdrossel beim Stricken.«

Helen lachte laut auf, die Anspannung löste sich.

»Und was ist jetzt mit dem Essen?«, fragte Noah.

Esme holte eine Menükarte aus ihrem Rucksack, auf der sie sich eintragen sollten. »Es gibt nur Pasta oder Kartoffeln.«

Noah zog eine Schnute. Seine Mutter kochte rein vegetarisch, und er nutzte die Ausflüge mit Libby gern, um dem zu entkommen.

»Pass auf«, flüsterte sie, »unten im Souterrain gibt es die Funfactory für Kinder.«

»Funfactory?«, flüsterte er zurück. »Das ist doch für Babys.«

»Also, die beiden Jungtiere, die ich eben beim Popcornessen beobachtet habe, sind so um die vierzehn. Das Mädchen kann gut Schneebälle werfen, eine echte Challenge für dich. Sie haben einen Film geschaut. Und ein – wie nennst du das? Game! – sollen sie auch spielen.«

Libby sagte ihm den Namen ins Ohr.

»Wirklich? Geil.«

»Tonino ist in der Nähe, falls was sein sollte.«

Noah mochte Tonino sehr gern. Eine Zeit lang hatte Butler ganz oben auf seiner Berufswunschliste gestanden.

Sichtlich erleichtert stand er auf. »Dann zisch ich mal ab.«

»Prima. Wir sehen uns spätestens gegen Abend wieder.«

Noah flitzte begeistert davon.

»Wohin geht er?«, fragte Esme prompt.

»Einem Hinweis nach, vermutlich ein Geheimcode: Taco Cat Goat Cheese Pizza.«

Diesmal lachten alle, und man entschied, endlich in den Speisesaal aufzubrechen. Nur Nils absentierte sich. Und Libby würde dasselbe tun.

»Ich komme gleich«, flüsterte sie Helen im Hinausgehen zu. »Muss nur noch eine Kleinigkeit erledigen. Richte das Esme bitte aus.«

Sie hatte sich entschieden, dass ein Gespräch mit dem Dirigenten wichtiger war als ein Mittagessen. Er war nicht nur ein Bindeglied zu Nina Kandinsky, sondern möglicherweise auch zu der Person aus der Fromagerie.

9

István Toth? Der wohnt in einem der Angestelltenhäuser«, sagte Margot. Sie stieg sogar von ihrem Kutschbock herunter und wies die Pferde an, kurz Pause zu machen, um Libby die Richtung zu zeigen. »Und nicht abschrecken lassen, er ist temperamentvoll.«

Libby bedankte sich für die Auskunft und marschierte los.

Der Weg führte am vorderen Teil des Hotels entlang, vorbei an der Terrasse, dem verschneiten Tennisplatz, einem alten Baumbestand und dem Garten. Die Angestelltenhäuser entpuppten sich allesamt als hübsche Chalets – kein Wunder, dass das Personal ein Leben lang blieb.

Die Nummer neun, in der sich Istváns Wohnung befand, lag ganz am Schluss. Libby betrat den Eingang, ging einige Stufen hoch und klingelte.

Sie hörte quiekende Laute, dann einen hellen Schrei, dann Schritte. Als die Tür geöffnet wurde, stand István Toth vor ihr. Die Anzugjacke hatte er abgelegt, den Schal ebenso, die Ärmel seines Hemdes hochgekrempelt. In seinem Arm lag ein Baby, das gierig an einer Milchflasche nuckelte. Diese mit einer Hand zu halten war ein akrobatischer Akt.

Als Libby sich vorgestellt hatte, wirkte er nicht im Geringsten irritiert über ihren Besuch.

»Sie sind die vom Krimiklub? Britta hat mir von Ihnen erzählt. Ihr Cape ist ihr aufgefallen, guter alter grüner Loden. – Wie kann ich Ihnen behilflich sein?«

»Ich komme gleich dazu, erst aber … darf ich Sie fragen … Sind Sie Großvater?«

»Papa«, sagte er stolz. »Britta ist meine Frau.« Er grinste breit. »Und zwanzig Jahre jünger als ich.«

»Darüber habe ich mich nicht gewundert. Sondern dass Sie hier als Paar angestellt sind.«

»Wir sind nicht die Einzigen. Die Arbeit ist intensiv, da kommt man sich schon mal näher. Kurz vor der Geburt dieses Rabauken haben wir geheiratet, und die ganze Belegschaft war dabei. Dank der Britischen Wochen kann ich nun eine Zeit lang hierbleiben, bevor ich wieder auf Tournee muss.« Verliebt sah er sein Kind an. »Die ersten Momente … die sind so wertvoll.«

»Und danach ist Ihre Frau allein mit dem Baby?«

»Britta ist eine vom Ort. Sie hat viel Unterstützung, manchmal mehr, als ihr lieb ist.« Er kniff die Lippen zusammen. »Was erzähle ich Ihnen da eigentlich? Das müssen die Hormone sein.«

»Kein Problem«, sagte Libby. »Ich habe Sie schon viel zu lange aufgehalten.«

Davon wollte er nichts hören. »Ich bestehe darauf, dass Sie mir sagen, warum Sie hergekommen sind.«

Libby zögerte nicht. »Eben, im Hotel, vor etwa einer Stunde, haben Sie telefoniert und schienen sehr wütend.«

»Das haben Sie beobachtet?« Er starrte sie erstaunt an. »Ich hatte einen Idioten am Draht. Kennen Sie das? Wenn man das Gerät am liebsten an die Wand knallen würde.«

»Nein. Ich habe kein Handy.«

»Sie sind mir eine Nummer.« Er lachte so laut, dass das Baby zusammenzuckte. »Hier draußen wird's zu kalt für den Kleinen. Kommen Sie doch rein.«

Sie betraten eine Wohnküche aus Arvenholz, und Libby setzte sich auf István Toths Einladung an den Tisch, der übersät war mit Babykram. Dazwischen lagen ein Dirigentenstab und eine Krawatte, ein kreatives Chaos.

István legte den Kleinen auf seinem Arm zurecht und gab ihm mit der anderen Hand die Flasche. Nun sah das Ganze wesentlich entspannter aus.

»Also, zurück zu dem Telefonat. Ich habe mich maßlos über meinen Bassisten geärgert.«

So erfuhr Libby, dass der Bassist nicht zur Probe für den Auftritt der Istváns Harmonists erschienen war. »Ein Schluderer, aber wir sind von ihm abhängig. Wir brauchten kurzfristig einen Ersatz, und außer ihm stand niemand zur Verfügung, der unser Repertoire beherrscht. Ein Griff ins Klo. Ausgerechnet zu Beginn der Saison. Ich würde ihn am liebsten rausschmeißen. Kennen Sie einen guten Bassisten, Frau Andersch?«

»Ich singe in einem Chor mit, wir sind allerdings mehr von der klassischen Ecke.«

Er lachte erneut und schien Libbys Humor zu verstehen. Es wäre der Beginn einer richtig guten Unterhaltung gewesen, hätte das Baby nicht energisch protestiert.

»Was ist denn?«, fragte István überfordert.

»Vielleicht ist der Sauger verstopft?«

Es war des Rätsels Lösung, und als der Kleine kurze Zeit später wieder friedlich trank, bekam Libby endlich Antwort auf die Frage, ob István Nina Kandinsky gekannt hatte.

»Natürlich, ich war blutjung und bin sogar ein bisschen in sie verliebt gewesen. Es war ja mein allererstes Engagement. Ich konnte noch kein Wort Deutsch, und sie sprach Ungarisch. Sie hat mir viel geholfen.«

»Wie denn?«

»Indem sie mir die Berner Oberländer Wesensart erklärt hat. Ich habe mit meinem Temperament auf die bodenständigen Menschen wohl viel zu aufgeregt gewirkt und sollte mich zurücknehmen. Dabei habe ich auch gelernt, dass die Berner Gelassenheit manchmal nur Fassade ist.«

»Also war Nina ein Mensch wie du und ich. – Würden Sie sie als eitel bezeichnen?«

Vor lauter Nachdenken zog er dem Baby aus Versehen den Schnuller aus dem Mund. »Oh, Entschuldigung.« Er stopfte ihn wieder zurück. »Madame Kandinsky war schüchtern und lebte sehr zurückgezogen. Wenn sie bei uns im Hotel war, hat sie zugehört, aber nie getanzt.«

»Vielleicht trug sie dafür zu viel Schmuck?«

»In der Tat hatte sie am liebsten möglichst viel dabei. Sie war so ängstlich, dass sie nicht mal dem eigenen Safe getraut hat. Das war allen im Ort bekannt.«

Der Safe war im Hörspiel zwar erwähnt worden, nicht aber, dass alle davon wussten.

»Sie liebte ihren Schmuck. Meine Frau erinnert mich manchmal an sie.«

Er deutete auf eine Kommode neben dem Eingang. Darauf standen ein Spiegel und eine Schale, in der sich Schlüssel und jede Menge Modeschmuck befanden. Dieser sah jedoch nicht sehr kostbar aus.

»Kaufen Sie in der Hotellobby ein?«

»Schmuck? Nein.« István schüttelte den Kopf. »Meine Gage würde höchstens für einen Ohrstecker oder einen Ring am kleinen Finger reichen.«

»Können sich die Einheimischen das leisten?«

»Nicht die Normalos. Das war schon immer so. In Gstaad gibt's das Leben der High Society und das der anderen. Und in der Lobbybar kommen sie zusammen.«

»Eine letzte Frage: Hat die Polizei Sie damals einvernommen?«

»Mich? Nein. Obwohl ich ihnen gleich hätte sagen können, dass Ninas Mörder einer aus dem Bekanntenkreis gewesen sein muss. Niemals hätte sie ihn sonst reingelassen.«

Das bestätigte Libbys Theorie. István wurde ihr immer sympathischer. »Wieso lebt Marc Split eigentlich in Monaco?«

István hob die Augenbrauen. »Von Nina Kandinsky zu den Splits – das ist mal ein Zeitsprung.«

Wo er recht hatte …

»Sie erzählen so lebendig, dass mir immer wieder etwas einfällt, das ich auch noch wissen möchte.«

Das Kompliment ging István hinunter wie warme Butter, und er fasste die Familiengeschichte der Splits zusammen. Er erzählte, wie Hannes Spychiger mit dem Schmuck so viel Geld verdient hatte, dass er jedem seiner Söhne einen Laden finanzieren konnte.

»Remo hat das Familiengeschäft an der Promenade übernommen, und Marc gründete einen Ableger an der Riviera: Split aus Monaco ist sehr bekannt. Einmal haben wir da unten im Konzertsaal gespielt. Und wissen

Sie was? Die Hälfte der anwesenden Frauen hatte ihren Schmuck bei Marc geliehen.«

»Nicht gekauft?«, fragte Libby.

»Schmuckverleih ist ein fast so großes Geschäft wie Schmuckverkauf.«

»Ich habe gehört, dass das ausgestellte Collier der Victoria-Kollektion eine Kopie sein soll.«

István musterte Libby. »Sie sind gut informiert.«

»Ich gehöre schließlich zum Krimiklub.«

»Dann vertraue ich Ihnen jetzt etwas an«, er senkte seine Stimme, »Marc Split gilt als begnadeter Kopist. Das echte Collier, das die Premiersgattin beim Ball tragen wird, liefert er aus London an.«

Marc Split als Kopist und Kronjuwelenlieferant? Im Geiste ließ Libby das mitgehörte Gespräch aus der Fromagerie einmal mehr durchlaufen. Und sie kam zu dem Schluss, dass die Person von der Kopie wusste – und es aufs Original abgesehen hatte.

»Sagt Ihnen der Name Diane etwas?«

»Natürlich. – Aber es fällt mir nicht ein.«

Diesmal lächelte Libby nicht über den Scherz. »Sollte es das noch tun, können Sie es Tonino Padrutt ausrichten.« Sie erklärte ihre Verbindung zum Butler. »Bevor ich mich aufmache, habe ich noch eine letzte Frage: Wie heißt der dritte Split-Bruder? Um den gibt's irgendein Geheimnis.«

»Sie meinen Tiffy.«

Libby stutzte. »Tiffy? Steht das für Tiffany, wegen des Schmuckladens in New York?«

»Nein.« Der jüngste der Brüder sei auf den Namen Theophan getauft worden. Daraus sei der Spitzname Tiffy entstanden. Er habe auch einen Laden gehabt.

»In Amsterdam. Amsterdam, Gstaad, Monaco – damit wollten die Splits die Welt erobern. Aber Tiffy …« István unterbrach sich, seine Augen wurden feucht. »Pardon. Schon wieder die Hormone. Sie machen mich sentimental.«

»Wegen Tiffy?«

»Ihn habe ich am liebsten gemocht … Er ist tot.«

Libby schluckte. »Das tut mir leid. Was ist passiert?«

Als würde der Kleine die Stimmungsveränderung seines Papas spüren, fing er an zu brüllen. Was zwei Monate alte Lungen so herausbrachten, war beeindruckend.

»Ich erzähle es Ihnen ein anderes Mal«, sagte István.

Libby stand auf. »Wann liefert Marc Split das echte Collier denn an?«

»Heute Abend, gegen achtzehn Uhr, habe ich gehört. Aber ohne Gewähr.«

»Ins Palace?«

Er zögerte. »Das hat aber kaum mit der Lösung des Kandinsky-Falles zu tun.«

»Nina Kandinsky hat *nicht* beim Vater der Splits eingekauft. Vielleicht ergibt das eine neue Ermittlungsrichtung.«

Es mochte an dem brüllenden Baby liegen, auf jeden Fall teilte István sein Wissen mit Libby. »Marc liefert es offenbar nicht ins Palace, sondern ins Alpina. Die haben den modernsten Safe von Europa. Und außerdem eine sehr schöne Sicherheitschefin. Wenn Sie wissen, was ich meine.«

Marc Split und die Sicherheitschefin, das klang irgendwie plausibel. »Heißt sie vielleicht Diane?«

»Nein. – Können Sie meinen Sohn kurz halten?«

István verschwand, und Libby stand da mit dem kleinen Paket. Es war sehr warm. Und weich. Vor lauter Staunen über die fremde Person hörte er mit dem Brüllen auf.

Seine Wimpern, dachte Libby, wie die Beine eines Marienkäfers.

Da kam István mit einem Buch aus dem Schlafzimmer zurück. »Dies ist eine Biografie über Nina. Sie heißt *Kandinsky und ich* und stammt aus dem Jahr 76. Nina hat mir eine Widmung hineingeschrieben. Ich schenke sie Ihnen.«

Auf dem Rückweg spürte Libby noch eine Weile die Wärme des Kindes. Einen kurzen Moment bedauerte sie ihre damalige Entscheidung, nie Mutter werden zu wollen. Ihr Respekt vor Noahs Mama Iris wuchs. Es war eine wirkliche Verantwortung, für so ein Würmchen zu sorgen.

Als sie auf dem Platz ankam, sagte ihr die Uhr, dass das späte Mittagessen bald vorbei war und die Krimiklub-Busfahrt zum Chalet Esmeralda anstand. Sie setzte sich auf eine Holzbank unter eine Tanne, legte das Buch auf den Schoß, zog das Lodencape fester um sich und begann zu lesen.

10

Was tun Sie hier?«, fragte eine Stimme. Sie gehörte dem kurzen Bupo, neben ihm stand der lange.

Wie immer nach einem Nickerchen war Libby hellwach. »Ich lese ein Buch. Über einen nicht gelösten Kriminalfall.«

Aus den Augenwinkeln bemerkte sie zwei weitere Bupos, die sich näherten.

»Lassen Sie mich in Ruhe, sonst hole ich die Polizei, die vom Dorf, in den Uniformen.«

»Machen Sie ruhig. Der Polizeiposten liegt hinter dem Bahnhof.«

Libby steckte das Buch in die Tasche und stand auf. »Adiö, die Herren.«

Als sie davongehen wollte, stellte sich ihr der Lange in den Weg. Die anderen kamen auch dazu, sodass sie von vier Männern umringt wurde.

»Wir kommen gerade von der Fromagerie. Die Öffentlichkeit hat da keinen Zutritt. – Wer hat Sie noch mal reingelassen?«

In dem Moment hielt ein Taxi keine zwei Meter von ihnen entfernt. Die Fenster waren geöffnet, und ein italienischer Schlager dudelte. Am Steuer saß Margot.

»Macht ihr hier einen auf Belästigung?«, rief sie. »Das ist Libby Andersch, eine Krimiklubberin. Ich lege die Hand für sie ins Feuer. – Und sie hat todsicher nicht die

Absicht, den englischen Premierminister zu entführen.« Letzteres hatte sie so laut gebrüllt, dass sie die Musik bei Weitem übertönt hatte.

Die vier standen wie die Ölgötzen da.

»Das sind geheime Informationen, die gehören nicht an die Öffentlichkeit«, zischte der Lange schließlich mit unterdrückter Stimme. »Das gilt auch für dich, Margot.« Er deutete auf Libby. »Sie soll einfach verschwinden. Sonst kriegt sie ein Rayonverbot.«

Die vier trollten sich.

»Danke, Margot«, sagte Libby. »Offenbar werde ich nicht mehr nur als harmlose Schnapsdrossel eingestuft.«

Sie erzählte Margot kurz, was passiert war. Dann stutzte sie. »Seit wann fährst du Taxi? Und wo sind die Pferde?«

Sie seien unten beim Treffpunkt in ihrem Unterstand, müde vom Tagwerk. Während der Saison mache Margot am Nachmittag auch noch Taxidienst.

»Doppelte Arbeit, doppelter Verdienst und doppelte Informationen. Mit den meisten Bupos bin ich per Du. Wir haben hier ja öfters Prominzen zu Gast. Darum weiß ich immer Bescheid, was so läuft.«

Wie István Toth, dachte Libby. »Die Bupos und die ChalSec-Securitas sollten zu dir in die Schule gehen.«

»Denen würde ich gar nix preisgeben.« Margot grinste breit. »Darum kommen die Leute ja so gern her: In Gstaad lautet der zweite Vorname Diskretion.« Dann wurde sie ernst. »Nimm dich trotzdem vor den Bupos in Acht, Libby. Du bist ihnen ein Dorn im Auge. Außerdem haben sie einen Auftrag, Sicherheit ist kein Kinderspiel.«

Libby vermied es, eine klare Antwort zu geben, und

fragte Margot stattdessen, ob es vom Kandinsky-Chalet aus einen Fußweg zum Hotel Alpina gebe. Sollte das echte Collier am Abend tatsächlich von Marc Split dorthin geliefert werden, wollte sie Zeugin sein. Bupos hin oder her.

***

Es war kurz nach halb vier. Die Mitglieder des Krimiklubs hatten sich zufrieden und gut genährt vor dem Palace versammelt, um auf den Kleinbus zu warten, der sie zur Villa Esmeralda bringen würde.

Nils kam wie Libby zu spät. Er keuchte hörbar und stank nach Schweiß.

»Ihr seid selbst schuld, wenn ihr immer euren eigenen Stiefel fahrt. Die anderen haben während des Essens viele Punkte ergattert«, sagte Esme leicht provokativ zu Nils. »Sie haben Libby überholt. Und du bist ohnehin am Schluss.«

Nils murmelte etwas von einer anständigen Mahlzeit, die er sich gegönnt habe, sonst könne er nicht denken.

»Was gab es denn?«, fragte Libby.

Er wischte über einen Fleck auf seinem Hemd. »Spaghetti Carbonara.«

»Unten im Dorf?«

»Vielleicht.« Sein Blick war unergründlich.

»Und du, Libby? Was hast du gemacht?«

»Ich habe auf einer Bank gelesen. Eine Antiquität.« Sie zeigte der Runde Nina Kandinskys Biografie, was allgemeines Staunen verursachte. Auch einige neidische Blick trafen sie.

»Typisch Libby. Strickt nur und hat doch immer einen Vorsprung«, sagte Helen.

»Ach wo. Das Buch hört auf, lange bevor Nina herkam.«

»Also hast du nichts Neues erfahren?«

»Doch, Esme. Ich weiß, dass sie Kirschbonbons liebte. Darum war die Torte in der Geschichte eine gute Wahl.«

Das hörte Esme gern. Schließlich war sie es gewesen, die das Hörspiel aufgrund verschiedener Zeitungsartikel geschrieben hatte.

»Außerdem konnte ich mit István Toth sprechen«, fuhr Libby fort, »das ist der Chef des kleinen Orchesters, das morgen beim Ball spielen wird. 1980 war seine erste Saison hier. Und da hat er Nina Kandinsky getroffen.«

Nils' Aufmerksamkeit war nun voll bei Libby.

»Wurde er von der Polizei befragt?«, fragte er. »Ich habe den Namen in keiner Akte gelesen.«

»Nein. Niemand hat sich für ihn interessiert.«

Libby entschied sich, noch einen obendrauf zu setzen. Sollte sie Rayonverbot kriegen, hätte sie wenigstens einen Fußabdruck hinterlassen.

»Er sagt, dass alle im Ort wussten, dass Nina einen Safe hatte. Es wäre ein weiterer Hinweis, dass ihr Mörder jemand aus der Region gewesen sein könnte.«

Esme war beeindruckt. »Damit hast du aufgeholt, Libby. Hundert Punkte für dein Team.«

Allgemeines Nicken, sie bekam sogar verhaltenen Applaus, und Esme übergab ihr eine kleine Papiertüte mit einem Sandwich. »Für dich. Mit einem Gruß aus der Küche.«

Libby bedankte sich, sie würde es im Bus essen.

Außerdem bat sie Esme, in der Funfactory anzurufen und sich nach Noah zu erkundigen. Er war in ihrer Obhut. Was, wenn er da keinen Anschluss an die anderen Kinder gefunden hatte und sich einsam fühlte? Vielleicht sogar Heimweh hatte?

Nach dem kurzen Telefonat wurde sie von Esme beruhigt.

»Codewort *Taco Cat Goat Cheese Pizza*, hat er nur gemeint. Und es sei megageil.«

Libby schmunzelte. Dieser Bub!

***

Die Busfahrt zum Esmeralda führte über eine kurvenreiche Straße durch das Oberbort. Der Teerbelag glänzte, und aus den links und rechts aufgehäuften Schneebergen liefen Rinnsale heraus. Nachts konnten die sich in Eis verwandeln, daher war Libby nicht überrascht, als ihnen ein Salzstreuwagen der Gemeinde entgegenkam. Der Schutz der Bewohner hatte hier höchste Priorität. Aber welcher Bewohner? Die Trottoirs waren menschenleer, und von den Luxus-Chalets war wegen des großen Baumbestands kaum etwas zu sehen. Dafür fielen Libby die holzgeschnitzten Gartenzäune, das gestutzte Gebüsch und die mannshohen Mauern ins Auge. Auf einigen von ihnen klebte eine Plakette, die auf die Sicherheitsvorkehrungen hinwies und den Namen der zuständigen Firma nannte. Je höher sie kamen, desto seltener war ChalSec zu lesen. Offenbar hatte Remo Split auch Konkurrenz.

Die Sonne verschwand, und die Schatten wurden bläulich. Nach einer letzten Kurve hielt der Bus vor einem Metalltor an. Mit geübtem Blick erspähte Libby die beiden Kameras, die wie überdimensionierte Insektenaugen aussahen und an je einer Säule befestigt waren.

In einem Tag bin ich zur Expertin mutiert, dachte sie.

Esme, die vorn neben dem Chauffeur saß, erhob sich. »Dass wir in die Villa Esmeralda reindürfen, ist ein Privileg.«

Libby verspürte ein Kribbeln. »Wie hast du das eigentlich fertiggebracht?«

»Beziehungen. Der Krimiklub wird auch im Berner Oberland gern gehört.« Stolz schwang in Esmes Stimme. »Und die offiziellen Mieter reisen erst morgen an. Es sind Feriengäste aus Genf.«

Nils, der die Fahrt schweigend zugebracht hatte, mischte sich ein. »Was nehmen die für das Chalet pro Woche? Fünftausend?«, fragte er.

»Neuntausendsiebenhundert, ohne Nebenkosten.«

»Ein Schnäppchen«, sagte Helen in die konsternierte Stille hinein. »Das können wir uns mieten. Noch eine Alters-WG, was, Libby?«

Gemurmel erhob sich. Das war der echte, der wirkliche Reichtum.

»Wir sollten auf jeden Fall nichts anfassen und keine Spuren hinterlassen.« Esme winkte mit einer Plastikkarte. »Auf geht's.«

Ihrer Hüfte geschuldet war Libby die Letzte, die ausstieg. Sie sah sich um und bemerkte, dass sich die Insektenaugen drehten. Die Kameras waren also an.

»Kommst du, Libby? Wir können nur als Gruppe da rein.«

Esme hielt den Badge an einen Sensor.

Während das Tor langsam aufschwang, ließ Libby die Umgebung auf sich wirken. Sie erspähte ein Chalet weiter oben und eines in der Verlängerung der Straße sowie eines in der unmittelbaren Nähe. Alle Fensterläden waren geschlossen, es wirkte ziemlich einsam. Wer würde freiwillig so weit oben am Hang wohnen wollen?

Libby rief sich eine Zeile aus Ninas Biografie in Erinnerung. Nina hatte viele kunstaffine Menschen für Snobs gehalten, stand da, und dazu: »Kunst ist eine zu ernste Angelegenheit, als dass sie Würfelspielern zum Opfer fallen sollte.«

Sie ist vor Würfelspielern geflohen, und weder die Fromagerie noch die Abgeschiedenheit in den Bergen hat sie beschützen können, dachte Libby.

»Lebt hier oben überhaupt jemand?«, fragte Helen, die offenbar ähnlich empfand wie Libby.

»Wir befinden uns im absoluten Luxussegment«, erklärte Esme. »Viele Leute halten sich nur wenige Wochen im Jahr in Gstaad auf. Meist zu Weihnachten.«

Das automatische Tor öffnete sich, und sie betraten die Einfahrt, die durch einen malerisch verschneiten Garten führte. Einige Tannen umrahmten eine Wiese mit einer Holzwanne in der Mitte.

»Ein Hot Tub«, sagte Helen. »Da würde ich mich gern reinhocken.«

Libby bemerkte, dass die Büsche einen Metallzaun verdeckten. Vom Giebel und den beiden Dachfenstern des Nachbar-Chalets aus hatte man vermutlich eine gute Aussicht in den Garten des Esmeralda. Im Polizeibericht war jedoch erwähnt worden, dass es keine

Zeugen gab, da die Nachbarn abwesend gewesen waren.

Ein Bewegungsmelder ging an, obwohl es noch gar nicht dunkel war. Das Hausdach war mit Ziegeln bedeckt, die Kanten standen über. Bei der Fassade wechselten sich Holz und Naturstein ab. Der lange Balkon war im Sommer bestimmt mit Geranien geschmückt.

Der Vorplatz bestand aus rosa Pflastersteinen, und auf der Seite stand ein Schneepflug. Eine kleine Seitentür fiel Libby auf, die sie für den Dienstboteneingang hielt. Hätte sie offen gestanden, hätte sich jemand hineinschleichen können.

Als sie einen Schritt in die Richtung machte, ging ein Melder an.

»Nicht vom Weg abkommen, bitte!«, rief Esme und wippte einmal mehr auf ihren Stiefelspitzen.

Die Szenerie war nun in kaltes Licht getaucht. Eine Maus huschte über den Platz. Jemand schrie bei ihrem Anblick auf, und sie verschwand im Gebüsch. Das löste noch einen Bewegungsmelder aus.

Esme griff in ihren ausgebeulten Rucksack und holte zwei kleine Packungen mit Flüssigdünger heraus. »Ich habe die damaligen Beweisstücke mitgebracht. Nils, kannst du die platzieren? Sie lagen im Garten.«

Er warf die beiden Pakete in Richtung des verschneiten Rasens, ein störendes Element in dieser gepflegten Umgebung.

»Vielleicht hat sich darum kein Zeuge gemeldet«, sagte Helen. »Weil es so normal war.«

Libby musterte Nils, der am Rand der Wiese stehen geblieben war und sich verstohlen umschaute.

Esme zog einen weiteren Badge aus ihrer Tasche. »Wir gehen jetzt ins Haus. Seid ihr bereit?«

Da vernahm Libby einen sich nähernden Motor. Nebst dem Salzstreuwagen der Gemeinde war es erst das zweite Auto, das die Straße befuhr. Es blieb in der Nähe des Eingangs stehen. Der Motor verstummte. Ein Vogel zwitscherte. Geschmolzener Schnee tropfte von einem Dachkännel.

Während die Gruppe hintereinander das Haus betrat, blieb Libby zurück. Genau diese Situation hatte sich bei Nina ereignet, zumindest war es im Hörspiel so dargestellt worden. Hatte Esme das so organisiert, fragte sie sich, wegen der Authentizität? In dem Moment schaute Esme um die Ecke. »Libby! Komm, bitte!«

Die Eingangshalle war in Marmor gehalten und viel zu protzig und kühl für Libbys Geschmack. Daran änderte auch der riesige blaue Perserteppich nichts, der bestimmt dreißig Quadratmeter maß.

Ein Blick ins Wohnzimmer offenbarte eine eigentliche Halle mit viel Kunst an den Wänden, darunter ein Bild von Wassily Kandinsky, seine Handschrift war erkennbar an der orangen Kugel und den blauen Dreieckskonstruktionen.

»Kein Original, sondern ein sehr guter Druck«, sagte Libby.

Dass die neuen Besitzer ein Bild von Kandinsky aufhängten, konnte man als Referenz auslegen oder aber als makaber.

Ob dahinter der Safe ist?, fragte sie sich. Oder hinter einem der anderen Bilder? Sie machte einen Schritt darauf zu.

»Stopp«, sagte Nils scharf.

Libby folgte seinem Blick zur Decke. Da blinkte diskret ein winziger Sensor.

»Hier drin ist ein Alarm aktiviert.«

Auch den hat es zu Ninas Zeiten noch nicht gegeben, dachte Libby.

»Die Überwachungslösung ist nicht von ChalSec, oder?«

Nils zuckte die Achseln. »Von der Konkurrenz. Die heißen MountSafe. Ich habe rumgefragt.«

»Libby, Nils, echt jetzt!«

Sie waren am Schauplatz gefragt. Auch das Badezimmer sah nicht mehr aus wie zu Ninas Zeiten. Granitstein und Porzellan wechselten sich ab, nirgendwo gab es eine abgesplitterte Ecke. Esme hatte ihr kleines Gerät hervorgeholt.

»Zeit für eine Aufnahme. Ich brauche Material für die Finalsendung.« Sie sprach ins Mikrofon, beschrieb die Umgebung und wandte sich dann an alle. »Was fällt euch auf?«

Niemand gab eine Antwort.

»Was ist? Habt ihr Angst?« Die Arme wirkte ziemlich verzweifelt. »Libby?«

»Natürlich, gern. Das Badezimmer ist recht klein.« Sie dachte an Nina mit ihrem Kostüm, dem Mantel und der Perlenkette um den Hals. Zierlich, wie ein Vögelchen, und erwürgt mit bloßen Händen. Ob sie kopfüber vor der Badewanne gelegen hatte oder zusammengesunken neben der Toilette?

»Vielleicht hat er ihr gar nicht aufgelauert, sondern sich vor ihr versteckt«, fuhr Libby fort. »Als sie ihn erwischt hat, blieb ihm keine Wahl: Er musste sie zum Schweigen bringen. Weil er das Geld aus dem Schmuckverkauf so dringend brauchte, für seine Frau, seine Kinder und die schwindsüchtige Mutter, die bei ihnen gelebt hat.«

Für einmal stand Esme ganz still. Auch die anderen starrten Libby an. »Woher weißt du das alles?«

»Reine Intuition.«

Esme machte das Mikrofon aus. »Danke, das gibt einen schönen kleinen Input. Zehn weitere Punkte für Team Libby und Noah.«

Sie verließen das Badezimmer, und Esme erlaubte ihnen, sich selbstständig im Erdgeschoss umzuschauen, solange sie nichts berührten. Als Libby bemerkte, dass Nils heimlich die Treppe zur Galerie hinaufging, folgte sie ihm.

Wir beiden bilden die Abweichler, stellte sie fest und war einen Moment amüsiert.

Oben war das Auffälligste eine lange, schmale Fensterfront, die sich wie eine Art riesige Schießscharte über die Hausbreite zog. Von da aus konnte Libby auch die Straße einsehen. Wenn sie nicht alles täuschte, parkte der graue Wagen der Bupos auf der gegenüberliegenden Seite.

Sie waren ihnen tatsächlich gefolgt. Oder wurde nur die Zürcher Schnapsdrossel überwacht, die unbefugt die Fromagerie betreten hatte?

Weiter unten erblickte sie die Türme des Hotels Alpina, und irgendwo zwischen den eingezäunten Grundstücken musste der Fußweg sein, den Margot erwähnt hatte. Bald würde die Dämmerung kommen, sie sollte sich aufmachen, möglichst ohne gesehen zu werden. Vorher wollte sie aber einen Blick in Ninas Schlafzimmer werfen.

Es war geräumig, mit einem übergroßen Bett samt seidenem Überwurf, Designersessel (solche gab es in einem Geschäft am Zürichberg, wo Libby für die Chorprobe vorbeimusste) und indirekter Beleuchtung. Dazu ein Teppich zum Reinsinken, in allen Schattierungen von Grün und Beige. An der Wand hing ein weiterer Druck von Kandinsky, bei dem die Farbe Blau vorherrschte und die Dreiecke orange waren. Die neuen Besitzer wollten wirklich eine Verbindung mit dem Maler demonstrieren.

Dann erst bemerkte Libby Nils. Er stand am Fenster, seine Ausdünstung hatte sich mit einem Parfum vermischt.

»Diane, dich kriege ich«, sagte er, hielt sein Handy an die Scheibe und machte Fotos.

11

Wer ist Diane?«, fragte Libby.

Nils drehte sich um und war in zwei Schritten bei ihr. Schon lagen seine Hände um ihren Hals. Aus der Nähe sah sie ein ganzes Netzwerk von geplatzten Äderchen in seinen Augen.

»Bist du verrückt geworden?«, keuchte sie.

»Entschuldigung, sorry, ein Versehen.« Nils ließ sie sofort los, seine Arme baumelten reglos am Körper. »Es tut mir wirklich leid.«

»Hast du mich verwechselt?« Libby richtete sich auf. »Mit Nina? Oder mit Diane?«

»Wieso Diane?«

»Den Namen hast du am Fenster vorn gesagt. ›Diane, dich kriege ich.‹«

»Du hast dich verhört. Ist ja auch normal, in deinem Alter.«

Libby rieb sich den Hals. »Was tust du hier? Wolltest du das Bild stehlen?«

»Ich wäre bescheuert. Das ist wie ein Hochsicherheitstrakt.« Nils' herumirrender Blick fiel auf die Wand. »Sogar mit Panikknopf.«

»Hast du den Safe gefunden?«

»Der Safe interessiert mich nicht.«

Er sah wohl ein, dass Libby nicht lockerlassen würde. »Ich fand deine Gärtnertheorie interessant. Darum wollte ich von hier oben aus die Distanz zu den Nachbarn checken. – Die haben alle den Geldscheißer, wenn du mich fragst.«

Libby kannte die gierige Miene, die auch einer vom Chor hatte. Er braucht Geld, dachte sie.

Von unten mahnte Esmes Stimme zum Aufbruch.

Nils deutete zum Fenster. »Vor dem Haus steht die Bundespolizei.«

Also waren sie ihm auch aufgefallen.

»Wegen dir?«, fragte Libby.

»Oder wegen dir.«

Ein Kreuzfeuer der Blicke. Bis Nils seinen senkte.

»Ich will denen auf keinen Fall begegnen. Es gibt eine Dienstbotentreppe und einen Hinterausgang. Aber behalt es für dich.«

Er tippte sich mit dem Zeigefinger an die Schläfe und war weg. Unten auf der Straße stiegen der Lange und der Kurze aus dem Auto und kamen auf das Eingangstor der Villa zu.

Libby holte Luft und schlich auf leisen Sohlen Nils hinterher.

***

Auf einem schmalen Pfad, der Abkürzung, ging sie in Richtung Hotel Alpina, langsam, um ihre Hüfte nicht zu sehr zu strapazieren. Nils und sie hatten einen Pakt geschlossen. So konnte das Leben spielen. Vielleicht würde sie ihn später einweihen, es schadete nichts, jemanden an der Seite zu haben. Nun musste sie sich beeilen, wenn sie die Ankunft der Kronjuwelen erleben wollte.

Sie dachte an das mitgehörte Telefonat in der Fromagerie. *Natürlich, was hast du denn gedacht?* Und nach einer Pause: *Diane?*

Der Name hatte István Toth an etwas erinnert, und Nils hatte ihn ausgesprochen. Könnte es ein Deckname sein, so wie in Noahs Gamer-Geschichten? Operation Diane?

Gerade als Libby den Weg hinter sich gebracht hatte, vernahm sie von oben eine Polizeisirene. Sie ging schneller und passierte mehrere Chalets, die allesamt verlassen wirkten. Neben dem letzten in der Reihe tauchte eine weitere Abkürzung auf, die noch steiler war als die erste. Kaum hatte Libby ein paar Meter zurückgelegt, hörte sie von der Straße oben ein bremsendes Auto und eine sich öffnende Tür. Vorsichtshalber brachte sie sich zwischen zwei Tannen in Sicherheit. Keine Sekunde zu früh: Schritte polterten den Weg hinab, Kiesel rollten – jemand rannte in ihre Richtung und stoppte direkt neben dem Stamm der einen Tanne. Sie hörte ein Keuchen und danach ein weiteres Geräusch, das sie am ehesten als Blähung einstufte. Gleich darauf vernahm sie die Stimme des Kurzen. »Hier ist sie nicht. Fahren wir runter zum Palace. Die Alte muss weg, die können wir nicht brauchen, wenn der Premier anreist.«

Der Kurze rannte noch oben auf die Straße zurück, Türen schlossen sich, und der Motor startete.

Das war eine Kampfansage. Es mochte auch daran liegen, dass sich Libby ein klein wenig ertappt fühlte, wegen ihres unbefugten Eindringens in die Fromagerie, auf jeden Fall holte sie tief Atem und ging weiter. Nach einem Wegweiser mit der Aufschrift »Hotel Alpina«

wurde die Straße schmaler, vor Libbys Augen tat sich ein dunkler Tunnel auf, eine Zufahrt, wie sie annahm.

Gespenstisch, dachte sie, eher wie der Eingang zu einem Bergwerk als zu einem Hotel.

Kaum hatte sie den Torbogen durchschritten, ging ein Licht an. Wieder ein Bewegungsmelder. Gleich darauf erblickte sie die erste Kamera. Sie suchte die Nähe der Wand, bis sie die unterirdische Halle erreichte, die einen Durchmesser von vielleicht dreißig Metern hatte, mit einer kleinen Verkehrsinsel in der Mitte. Darüber war eine ovale Lichtquelle an der Decke angebracht. Wenn man quer durch die Halle blickte, sah man durch ein riesiges Fenster direkt auf die spiegelglatte Oberfläche eines chlorblauen Schwimmbeckens. Noah als Wasserratte wäre kaum zu halten gewesen.

Eine indirekt beleuchtete Rampe führte zu einem gläsernen Eingangsportal, das von brusthohen Pflanzen umrahmt war. Sie waren entweder künstlich oder Nachtschattengewächse, dekorativ und ein wenig geheimnisvoll. Auf den Kurzzeitparkplätzen standen drei Autos, silbern, schwarz und gelb, alles edle Marken.

Ein gut zu hörendes Pling, und aus einer Fahrstuhltür, die Libby bisher übersehen hatte, traten zwei junge Frauen und ein älterer Mann heraus. Sie trugen Bademäntel und unterhielten sich lebhaft.

Hotelgäste, die sich in diese eigenartige Unterwelt begeben hatten, um den direkten Zugang zum Wellnessbereich zu nutzen, schloss Libby.

Plötzlich hörte sie ein Rumpeln. Die Zufahrt, die vom Dorf unten in die Halle führte, wurde beleuchtet, und ein Auto näherte sich. Es drehte eine Runde, um in einem Tunnel zu verschwinden, in dem Libby die Einfahrt zur Tiefgarage vermutete.

Wer hier ankam, würde nichts vom Wetter spüren. Er hätte auch keine Probleme mit der Parkplatzsuche, weil er mit allem verbunden war, sogar mit dem Dorfzentrum.

Libby setzte sich auf eine betongegossene Bank an der Wand, die im Schatten außerhalb der Kamerareichweite lag. Sie nahm ihr Strickzeug heraus und gleich darauf klapperten die Nadeln. Stricken ging bei ihr im Schlaf.

***

Halb sieben. Libby schreckte auf, als eine Limousine in der Nähe des Hoteleingangs anhielt. Die Chauffeurin rückte nach dem Aussteigen ihre Livree zurecht und umrundete den Wagen. Auf der anderen Seite streckte sich ein korpulenter Mann mit Sonnenbrille, unverkennbar Remo Split. Er trug einen quadratischen Kasten von etwa einer Linealbreite, der an sein Handgelenk gekettet war. Die Glieder blitzten im Deckenstrahler auf, als wären es Brillanten. Darin mussten die Original-Kronjuwelen liegen, ganz wie István Toth angekündigt hatte.

Der letzte Mann, der dem Wagen entstieg, war Marc Split. Libby hörte das Klicken, als er sich ebenfalls an dem Kasten festmachte.

»Willkommen«, sagte er. Die Worte wurden vom Hall getragen. Ein Nebeneffekt, der möglicherweise nicht sehr erwünscht war an einem Ort, wo Diskretion oberstes Gebot war.

Was er danach im Gehen zu seinem Bruder sagte,

konnte Libby nicht verstehen. Der Widerhall funktionierte offenbar nur an bestimmten Stellen. Letztlich war es reines Glück, das sich erneut eine auftat.

»... Diane.«

Diane. Libby hatte weder geträumt noch an schwachem Gehör gelitten. Diese Diane spielte eine Rolle bei der Anlieferung der echten Kronjuwelen.

In dem Moment erklang ein Lachen. Es kam von einer Dame, die aus dem gläsernen Hoteleingang getreten war. Sie trug einen glitzernden Trainingsanzug und hatte eine wahrhaft adelige Ausstrahlung. Sie musste die Sicherheitschefin des Alpina sein, die István erwähnt hatte.

Es gab eine kurze Begrüßung. Der Kuss zwischen Marc und der Sicherheitschefin war leidenschaftlich, Remo Split schaute weg. Dann verschwanden die drei im Eingang, während die Chauffeurin wieder einstieg und die Limousine Richtung Dorf verschwand. Als das Brummen des Motors verstummte, war es ganz still.

Libby stellte sich den weiteren Verlauf vor. Man würde das Collier ins weitläufige Untergeschoss bringen oder nach oben in die Direktionsabteilung, je nachdem, wo der »sicherste Safe der gesamten Alpenregion« lag. Die Kronjuwelen würden eine Nacht da gelagert, um am nächsten Abend an zwei Handgelenke gekettet zum großen Auftritt der Premiersgattin ins Palace gebracht und mit der Kopie ausgetauscht zu werden. Alles so weit, so gut. Aber irgendwo gab es eine Lücke. Eine Lücke, die die telefonierende Person aus der Fromagerie kannte. *Tonnenweise Security. Vor dem Haus, im Haus. Die musst du austricksen.*

Marc Split kehrte in die Halle zurück. Libby hatte es

irgendwie erwartet. Er war allein. Den Anzug hatte er gegen Freizeitkleidung getauscht und sich eine schmale, längliche Schachtel unter den Arm geklemmt. Er rannte mehr, als dass er ging, nur um in eines der drei Autos auf den Kurzparkplätzen zu steigen, den Motor zu starten und durch die Zufahrt, auf der Libby gekommen war, davonzubrausen.

Da nahm Libby hinter dem Nachtschattengewächs eine weitere Bewegung wahr. Jemand schob sich aus einem Versteck. Er trug einen Regenmantel und eine Kappe. Einige Meter drückte er sich an der Wand entlang, die Bewegungsmelder umgehend, bis er loslief. Erst als er verschwunden war und sie auch seine Schritte nicht mehr hören konnte, atmete Libby aus.

Das war eindeutig Nils gewesen.

Als würde sie ein Fotoalbum betrachten, gingen Libby die Begegnungen mit ihm durch den Kopf. Im Zug, als er das Architektenhaus angestarrt hatte, bei Splits Vortrag, als er in der ersten Reihe gesessen hatte, und eben im Esmeralda, als er sie gewürgt und ihr gleich darauf einen Notausgang verraten hatte. Sie kam zu dem Schluss, dass Nils nicht die Person aus der Fromagerie sein konnte, aber jemand anders, den sie bislang außer Acht gelassen hatte: das Gegenüber, die Person am anderen Ende der Leitung, die als »narzisstisches Arschloch, ohne Hirnmasse« bezeichnet worden war. Damit könnte Nils gemeint sein.

War er einer, der Überwachungssysteme aushebelte? Dass er sich ein Nachtschattengewächs als Versteck ausgesucht hatte, würde dazu passen.

Nachdem es eine Zeit lang mucksmäuschenstill gewesen war, erhob sich Libby von der Bank. Einen Komplizen gewonnen und wieder verloren, dachte sie.

So wie es aussah, konnte sie niemandem trauen, außer sich selbst und Noah.

12

Rufen Sie Ihren Ziehenkel doch einfach an.« Der Concierge schob Libby das Telefon über den Tisch. »Für die Funfactory wählen Sie die 37.«

Libby stand an der Rezeption, wo es von Menschen nur so wimmelte. Offenbar waren gerade mehrere Taxis angekommen. Das Hotelpersonal war draußen beschäftigt, die Ankömmlinge willkommen zu heißen, sodass sie in Ruhe telefonieren konnte.

Zweimal Klingeln, und schon hob jemand ab. Doch es war nicht Lara, wie Libby angenommen hatte. Sie habe kurzfristig eine andere Aufgabe übernehmen müssen. Der Ersatz wusste immerhin sofort, wo Noah war, und holte ihn ans Telefon.

»Wie es mir geht? Super, Tante Andersch«, sagte er. Er habe sie nicht im Geringsten vermisst. Gleich würde es Abendessen geben. »Auch für mich. Die Kids sind echt cool. Wir sind *best friends*.«

Eine Freundschaft mit Premierskindern? Dieser Bub, dachte Libby erneut, und verspürte ein warmes Gefühl, da, wo sie am Nachmittag Istváns Baby an sich gedrückt hatte.

»Ich würde dich auch gern noch sehen, wir haben ja eine Aufgabe zu lösen.« Sie kündigte an, Noah abzuholen, sobald sie von Tonino ein Zimmer zugeteilt bekommen hätten.

Danach tätigte sie einen weiteren Anruf im Alpina und bat den Concierge, der Sicherheitschefin auszurichten, dass der Safe in Gefahr sein könnte. Man solle Marc Split informieren und ein geschärftes Auge auf den Schmuck haben, bis zur Auslieferung ins Palace und auch während des Balls, wenn die Premierministerin ihn trug. Es sei eine gut gemeinte Warnung.

Einundzwanzig, zweiundzwanzig …

»Was sagen Sie da? Wer sind Sie?« Die Stimme am anderen Ende klang alarmiert.

Doch Libby legte auf. Der anonyme Hinweis würde mehr bewirken, als wenn sie sich erklärte. Dann erkundigte sie sich beim Concierge des Palace nach der Nummer des Architekten Kronenberg. Möglicherweise wusste dieser nämlich, ob der Safe im Chalet Esmeralda die Renovierung überlebt hatte und als Aufbewahrungsort benutzt wurde. Eine Möglichkeit war, dass Marc Split das Original-Collier nicht im Alpina oder im Palace, sondern im Safe des Esmeralda einschloss. Eine perfekte Verschleierungstaktik eigentlich – niemand würde darauf kommen. Es sei denn, ein Juwelendieb wusste von den Plänen. Oder jemand wie Nils Steinmann.

Libby rief dort an, sprach ihre Bitte um Rückruf auf ein Band und hinterließ Noahs Nummer. Dann ging sie durch die überfüllte Lobbybar. Von den Bupos war nichts zu sehen.

Die anderen vom Krimiklub hatten sich in einer versteckten Ecke an einen der niedrigen Tische gesetzt. Auf einer Etagere wurde ihnen gerade ein klassischer englischer Cream Tea serviert, mit Gurken- und Eierbrötchen, Zitronenkuchen, Scones, Erdbeermarmelade und Clotted Cream.

»Das ist unser Abendessen«, erklärte Esme. »Magst du auch?«

Libby nahm den freigehaltenen Platz gern an. Sie entschuldigte ihr vorzeitiges Verschwinden erneut mit der steifen Hüfte und wollte wissen, wie es den Kollegen ergangen war.

Während sie ein Brötchen verspeiste, erfuhr sie, dass die Bundespolizei im Chalet Esmeralda aufgekreuzt war. Man sei auf den Krimiklub aufmerksam geworden, weil sich ein älteres Mitglied nicht konform verhalten habe.

Esme warf Libby einen Blick zu. »Ich nehme an, damit bist du gemeint.«

Sie hätten sich ausweisen müssen, danach sei ihnen befohlen worden, die »Tatort«-Besichtigung abzubrechen. Auch die Akteneinsicht bei der Dorfpolizei am nächsten Tag sei abgesagt worden.

»Wir haben einen Staatsbesuch im Dorf, die Sicherheitsstufe ist hoch«, sei die Begründung gewesen.

Libby verspürte erneut eine gewisse Genugtuung. Immerhin hatte sie etwas angeschoben. Dass der Krimiklub in der Folge weichen musste, war ärgerlich, aber folgerichtig.

Zum Glück nahmen es die anderen gelassen. So hatte jeder genügend Zeit, sich auf die Radiosendung vorzubereiten, fand Helen.

»Wo steckt eigentlich Noah?«, fragte Esme. »Immer noch in der Funfactory, mit dem Code Cheese?«

Libby nickte und wandte sich an alle. »Sagt euch der Name Diane etwas? Er wurde mir im Zusammenhang mit den Kronjuwelen genannt. Ist er euch irgendwie begegnet?«

Fragende Mienen, Blicke, Kopfschütteln. Nein, nicht dass sie wüssten.

»Eine Freundin von mir heißt so«, sagte Esme. »Und natürlich Diana …«

»… die verstorbene Königin der Herzen, ich weiß«, sagte Libby. »Sie hätte sich auch gut gemacht bei den Britischen Wochen.«

Helen sah im Internetz nach, ob es ein Diane-Collier gab, fand aber keinen Hinweis. Als die anderen sich neuen Themen zuwandten, versuchte Libby, von Esme mehr über Nils in Erfahrung zu bringen. Der Blick der beiden, die Provokation und die Nähe waren ihr in Erinnerung geblieben.

»Nils ist nicht hier.«

»Ja und? Der Typ ist mir egal.«

Ganz und gar nicht, dachte Libby, im Gegenteil.

»Was macht er denn beruflich?«

Esme wäre ihr gern ausgewichen, das war deutlich zu sehen, aber sie saß unbehaglich eingequetscht zwischen Libby und Helen.

»Er arbeitet für eine IT-Bude«, sagte sie vage.

»Könnte ich die kennen?«

»Es ist seine eigene. Ein Einmannbetrieb. Auf Google hat er nur zwei Reviews. Beide unterirdisch.«

Die Bedeutung von Ratings und Reviews hatte Noah Libby beigebracht. »Und was bietet er an?«

»Irgendeine Sicherheitssoftware.«

»Aha, interessant. Wieso wusste er, dass wir das Kandinsky-Haus besuchen würden?«

Libby spürte an Esmes Reaktion, dass sie einen wunden Punkt getroffen hatte, und bohrte nach, indem sie ihre Theorie aussprach.

»Dein Programm war doch geheim. Er als Einziger wusste aber vorher Bescheid.«

»Sicher nicht.«

»Doch. Aufs Esmeralda war er auf jeden Fall vorbereitet. Ich habe ihn im Schlafzimmer erwischt. Er stand am Fenster und hat fotografiert.«

Esme gab nach. »Also gut. Ich kenne Nils schon länger. Im Grunde genommen sind wir nur seinetwegen hier. Früher hat er als Journalist gearbeitet. Er war es auch, der mir den Kandinsky-Fall für den Krimiklub vorgeschlagen hat. Ich bin immer für Tipps dankbar.« Letzteres hatte verteidigend geklungen.

»Aber warum? Wollte er auf diese Weise ins Chalet Esmeralda hineinkommen?«

Esme zögerte. »Jedenfalls ist er seitdem weg.«

Ich muss noch mal mit ihm reden, dachte Libby.

»Bitte lass mich wissen, wenn du ihn siehst. Du kannst an der Rezeption eine Nachricht für mich hinterlassen.«

»Warum? Kommt ihr, du und Noah, nicht mit in die Jugi?«, fragte Esme.

»Wir bleiben hier.«

Esme fand Libby offensichtlich verrückt. »Im Palace? Hier ist kein Zimmer frei.«

»Wetten?«

***

»Leider ist alles ausgebucht.«

Tonino ging neben Libby über den Einkaufsflur, sie waren auf dem Weg in die Funfactory, um Noah abzuholen.

»Wir müssen improvisieren.«

Libby erkundigte sich bei Tonino, ob ihm Nils aufgefallen war.

»Dieser Schmuddeltyp? Bei seinem Hemd stand ein Knopf offen, und er hatte Kaffeeflecken auf der Brust. Wenn der nicht zu euch gehört hätte, wäre er der Anlage verwiesen worden. – Was ist mit ihm?«

»Er soll ein Journalist sein. Möglicherweise hat er etwas geplant. Im Zusammenhang mit den Kronjuwelen. Vielleicht eine Enthüllungsgeschichte.«

»Wirklich?« Tonino hielt inne. »Wenn Sie einen Verdacht haben, sollten Sie die Bupos informieren.«

Libby ging stoisch weiter. »Das habe ich versucht. Die Bupos und die von ChalSec nehmen mich nicht ernst. Die halten mich abwechselnd für eine Schnapsdrossel oder eine blöde Zürcherin. – Und überhaupt, wir müssen jetzt Noah abholen, das geht vor.«

Aber die Funfactory war völlig verwaist.

Libby verstand es nicht. »Ich habe doch eben noch mit ihm telefoniert.« Ihr Herz klopfte schneller. Iris hatte ihr ihren Sohn anvertraut, und sie hatte ihn stundenlang allein gelassen.

»Wo könnten die Kinder hingegangen sein?«

»Entspannen Sie sich, Frau Andersch. Da war die ganze Zeit ein Leibwächter der Premiersfamilie dabei. Und Lara ist mit der Betreuung beauftragt, sie weiß sicher Bescheid.«

Tonino telefonierte herum und wirkte dabei beruhigend unaufgeregt. Schließlich hatte er eine Neuigkeit.

»Lara ist tatsächlich außer Plan gegangen. Sie holt offenbar ihren Vater am Bahnhof ab. Er ist Fan vom Premierminister und reist extra an, um ihn mal von Nahem zu sehen.«

»Aber sein Auftauchen ist doch geheim.«

»Lara weiß es, so, wie ich es weiß. Wir alle.«

Dennoch fragte sich Libby, ob Lara etwas mit der Sache zu tun haben könnte. Schließlich war sie in der Nähe gewesen, als das Telefongespräch in der Fromagerie stattgefunden hatte. Aber würde jemand Lara als Arschloch bezeichnen? Sie hatte Mühe, sich das vorzustellen.

»Ich habe ihn gefunden!« Tonino hatte weiter herumtelefoniert, Noah sei bei der Premiersfamilie im achten Stock.

Libby und er tauschten einen Blick. Ob das gut gehen würde? Noah hatte keine Erfahrung mit königlicher Etikette, er und seine Mutter lebten genau wie Libby in einer Zweizimmerwohnung. Andererseits hatte ihr die Premiersgattin bei der kurzen Begegnung genau diesen Eindruck vermittelt: dass sie sich als Familie nicht abschirmen und so normal wie möglich verhalten wollten.

»Sie sollen auch kommen, hat Noah gesagt. Aber erst in einer halben Stunde. Offenbar kochen sie gerade.«

»Im Hotelzimmer?«

»Sie haben eine Küche.«

Tonino riet Libby, sich die Wartezeit in der Lobbybar mit einem Absacker zu vertreiben. Er wolle kurz raus und mit der Dorfpolizei sprechen, die hätten sich in Hotelnähe aufgestellt.

»Die sollen diesen Nils mal durch ihre Suchsysteme jagen. Es wäre ja toll, wenn sie noch vor den Bupos etwas über ihn herausfinden würden. Ich erwähne Ihren Namen auch nicht, Frau Andersch, keine Angst.«

Libby war einverstanden, wenn er dafür ihre Frage beantwortete.

»Kennen Sie das Personal im Alpina?«

Tonino verzog das Gesicht, als hätte er in eine Limone gebissen. »Da zieht es mich nicht hin.«

»Ich müsste wissen, ob es eine Diane gibt. Sie könnte in einer höheren Position tätig sein. Aber nicht die Sicherheitschefin, die kann ich ausschließen.«

Er versprach, sich umzuhören. »Und wegen der Unterkunft … Zur Not könnt ihr bei mir auf dem Sofa schlafen.«

Darauf war Libby nicht sonderlich erpicht. »Geld spielt keine Rolle.« Sie lebte so sparsam, dass ein Hotelzimmer im Palace ausnahmsweise drin sein würde.

»Ich tue, was ich kann.«

Schließlich hatte sie noch eine letzte Bitte. »Wäre es möglich, dass Noah und ich morgen am Ball teilnehmen könnten?«

Tonino bekam einen Lachanfall. »Sie sind mir eine! Als würden die Einladungen in Stapeln herumliegen.« Er schüttelte den Kopf. »Es tut mir leid, diesbezüglich habe ich keine Befugnis. Fragen Sie doch den Premierminister.« Er beugte sich vor. »Unter uns gesagt: Der kommt gleich an die Rezeption. Da haben sich alle Teilnehmer der Konferenz an einer improvisierten Bar versammelt und warten auf ihn.«

13

Es war kurz nach zwanzig Uhr. Libby setzte sich in einen Besuchersessel und holte ihr Strickzeug hervor. Durch das bodentiefe Fenster beobachtete sie, wie draußen einige Hotelgäste vom Personal in Richtung des Sportgeschäfts geschleust wurden, um den dortigen Eingang zu benutzen.

Der Concierge ließ keine Normalsterblichen mehr ein, nur noch hochrangige Politiker wie den Bundesrat, dem gerade ein Bier serviert wurde. Libby wurde übersehen, und sie hoffte, dass dies so bleiben würde.

Der Raum füllte sich, der Gesprächspegel war hoch, und eine nervöse Erwartung lag in der Luft.

»Er kommt«, sagte jemand.

Alle Augen richteten sich auf die Glastür. Aber es waren nur zwei Securitas von ChalSec. Libby beugte sich tief über ihre Strickarbeit, um nicht erkannt zu werden.

Ein junger Mann aus dem Gefolge des Bundesrats setzte sich direkt neben sie. Ihm gegenüber ließ sich einer im Regenmantel nieder. Um den Hals trug er eine Schnur mit einem Plastikanhänger. Darauf war der Name einer Zeitung vermerkt. Ein Journalist also.

Könnte er ein Kollege von Nils sein?, fragte sich Libby. Vielleicht wollte er sogar dasselbe wie sie, den Raub des Colliers verhindern.

»Wir müssen unabhängig bleiben«, sagte der junge Mann gerade. »Das gilt vor allem für die Sicherheit. Die werden wir nicht in die Hände der Briten legen.«

Der Journalist sah das anders. »Wir brauchen eine gute Cyberabwehr. Und allein sind wir gegen Terroristen machtlos. Neutralität heißt nicht Isolation.«

Eine bedenkenswerte Aussage, fand Libby.

»Dieses Abkommen ist der Anfang vom Ende«, antwortete der im Anzug. »Was kommt als Nächstes? Dass wir die Armeen zusammenlegen? Kooperation bedeutet Abhängigkeit, wir hängen am Tropf.«

»Aber die Engländer können Dinge, die wir nicht können. Die haben den Adel, die Kolonien und die Arbeiter.«

»Und wir die Bauern.« Das klang komisch aus dem Mund des Anzugträgers.

»Die Bauern haben die Briten auch. Ich war mal auf einer schottischen Rinderfarm. Ich kann dir sagen – da könnten die im Säuliamt was lernen.«

»Wegen dem bisschen Fachwissen? Für eine Farm sollen wir also unsere Eigenständigkeit aufgeben? Damit zeigen wir Schwäche.«

»Du bist ein richtiges Rindvieh!«

Der Journalist lachte über seinen eigenen, doch eher flauen Witz. Libby hoffte dennoch, dass seine Haltung sich durchsetzen würde. Sie war immer für Offenheit, wenn es möglich war.

Sie packte ihr Strickzeug ein und stand auf.

»Entschuldigen Sie, die Herren, wenn ich Sie kurz störe. Sie sind doch von dieser politischen Konferenz. Sagt Ihnen eine Operation Diane etwas?«

Nein, meinten sie. Aber sie kannten die Sängerin

Diane Ross und eine Wonderwoman namens Diane aus dem DC-Universum.

In diesem Moment betrat ein mittelgroßer Mann mit Seitenscheitel, roter Krawatte und einem klassischen Anzug die Bar. Der britische Premierminister, gefolgt von zwei Leibwächtern in schwarzen Anzügen.

Sehr gut, dachte Libby. Es werden immer mehr.

Der Premierminister begrüßte alle mit Handschlag, er wirkte bodenständig und intelligent zugleich. Dass er ausgerechnet in Libbys Nähe stehen blieb, um sich mit dem Concierge zu unterhalten, war ein Glücksfall.

»Nummer 814, sagten Sie? Dann gehe ich jetzt kurz nach oben zu meiner Familie. Nein, niemand muss mitkommen.«

Die Leibwächter folgten ihm dennoch.

Libby schaffte es, sich ebenfalls in den Aufzug zu schummeln. In ihrem besten Englisch teilte sie dem verblüfften Premierminister mit, dass ihr Ziehenkel mit seinen Kindern zu Abend gekocht habe. Die Leibwächter warfen ihr tödliche Blicke zu. Aber der Premierminister nahm sie am Ellbogen, als sie den achten Stock erreicht hatten.

»Alles in Ordnung, wirklich«, sagte er zu seinen Leuten. »Ich bin schon groß, Boys.«

Im ganzen Apartment roch es nach Teigwaren mit Tomatensauce. Die Jugend hatte bereits gegessen und war am Wohnzimmertisch in Tichu vertieft, eines von Noahs Lieblingsspielen, wie Libby wusste. Beim Anblick ihres Papas sprangen die Premierskinder vor Freude in die Höhe. Während sie ihn umarmten, trat Noah zu Libby.

»Darf ich bitte hier schlafen, Tante Andersch?«, flüsterte er. »Sie haben mich eingeladen, ein Sleepover. Wir schauen uns ein Fußballspiel an. Chelsea gegen Arsenal, das ist ein Londoner Derby.«

Bevor Libby antworten konnte, kam die Ehefrau in Jeans, Bluse und ohne jeglichen Schmuck herein. Ihr Mann nahm sie in die Arme und küsste sie innig. Nach einem kurzen Gespräch – »Ich muss zu der Konferenz, deswegen sind wir ja hier.« – verschwand er wieder.

Kaum war die Tür hinter ihm ins Schloss gefallen, drehte sich die Gattin zu Libby um und beglückwünschte sie zu ihrem Ziehenkel. Noah sei es sogar gelungen, ihr seine und Libbys Beziehung verständlich zu erklären. Libby sei die Bonus-Oma, habe er gesagt. Der Ausdruck gefiel der Gattin außerordentlich gut.

»So eine Bonus-Oma könnten wir in unserer Familie auch gebrauchen.«

Sie zerstreute Libbys Bedenken, Noah würde die Abendrituale der Kinder stören. »Nein, nein, er kann gern hier übernachten.«

Noah freute sich. Er war sich der Ehre, die ihm da zuteilwurde, auf erfrischend naive Weise nicht bewusst.

»Gehst du auch noch weg, Mama?«, fragte das Mädchen.

Offenbar war für die Politikerfrauen ein Lottoabend zur Unterhaltung organisiert worden.

Wie im letzten Jahrhundert, dachte Libby.

Aber die Gattin winkte ab. »Ihr kennt mich doch, Kinder, ich bleibe lieber bei euch.« Sie setzte sich zu ihnen an den Tisch.

»Und Sie?« Sie blickte Libby an. »Wollen Sie mitmachen?«

Libby schüttelte den Kopf. »Ich bin keine gute Spielerin, ich kann nicht verlieren. – Dürfte ich, bevor ich gehe, Ihre Toilette benutzen? Oder muss da ein Leibwächter mit?«

Die Gattin lächelte.

Libby verdrängte das kurz aufkeimende schlechte Gewissen. Wenn sie etwas über Menschen herausfinden wollte, suchte sie deren Badezimmer auf. Dieses hier war aufgeräumt und enthielt vier normale Zahnbürsten. Schmuck gab es überhaupt keinen. Auch nicht im angrenzenden Elternschlafzimmer, das sich Libby ebenfalls kurz ansah.

Die Gattin ist offenbar keine Schmuckliebhaberin, dachte sie und wunderte sich, warum man ihr die Kronjuwelen angeboten hatte.

»Sagt euch eine Superwoman mit Namen Diane was?«, fragte sie die Kinder, als sie wieder zurück war.

»Meinen Sie Diana Prince?«, fragte der Junge. Die sei aus dem Detective Comic Universe. »Da gehören Superman, Batman und die Superwoman rein.«

Die Gattin war amüsiert. »Passt das?«

Als Libby verneinte, hatte auch das Mädchen eine Idee. »Auf der Themse gibt es ein Schiff namens Diane.«

Ein Schiff? Das war eher unwahrscheinlich hier oben, wo der nächste See kilometerweit entfernt lag. Dennoch war es ein interessanter Hinweis.

»Ich gehe dem nach, wie sich das gehört für eine Krimiklubberin.«

Alle lachten, Noah hatte ihnen von dem Wettbewerb erzählt.

Zum Abschied schüttelte die Gattin Libbys Hand.

»Sehen wir uns morgen Abend auf dem Ball?«, fragte sie.

Libby erklärte, sie hätten kein Eintrittsticket.

»Was?« Nach einem kurzen Telefonat bekam Noah einen QR-Code für sich und einen für Libby auf sein Handy geschickt.

Manche Probleme lösten sich von selbst. Libby wünschte allen eine gute Nacht und sagte, sie sei über Tonino zu erreichen.

»Für den Notfall. Ich habe leider kein Handy.«

»Wie machen Sie das nur?«, fragte die Gattin.

Libby gab unumwunden zu, dass sie ohne Noahs Handy in manchen Situationen aufgeschmissen sei. »Jetzt muss er zum Beispiel nachsehen, ob Tonino sich gemeldet hat, wegen eines Bettes für mich. Ich habe nämlich Feierabend.«

Noah zückte sein Handy und kontrollierte die Nachrichten. »Er schreibt, István will dich im Ballsaal sprechen.«

***

Als Libby auf den Flur hinaustrat, wurde sie von den beiden Leibwächtern misstrauisch beäugt. Einer sprach dabei leise in sein Mikrofon. Um eine Konfrontation zu vermeiden, betrat Libby den Lift und fuhr nach unten, stieg jedoch eine Etage zu früh aus. Von da ins Erdgeschoss benutzte sie die Feuertreppe.

Bei der Rezeption angekommen, die mittlerweile verwaist war, sah sie aus der Ferne, dass sich vor der Lifttür eine Schar von Sicherheitsleuten aller Couleur versammelt hatten, darunter auch der Lange und der Kurze.

Niemand von ihnen bemerkte Libbys Abgang.

In der Lobbybar herrschte eine friedliche Abendstimmung. Das Mädchen saß in denselben Sessel gekuschelt wie tagsüber und war in ein neues Buch vertieft.

Eine echte Leseratte, früher war Libby auch so gewesen.

Aus dem Augenwinkel bemerkte sie, wie zwei Leute den Baccarat-Saal verließen, durch die offene Tür ertönte weit entfernt Musik. Und wieder hatte Libby Glück: Die vier ChalSec-Securitas sprachen aufgeregt durcheinander und sahen dabei auf einen kleinen Bildschirm, auf dem ein Eishockeyspiel der Beo-Yetis, eines frisch gegründeten Berner Oberländer Klubs, gezeigt wurde. Das entnahm Libby den lautstarken Kommentaren. Sie nutzte die Chance und huschte unbemerkt vorbei.

Im Salle Baccarat ging sie nah an der Wand entlang, so wie Nils es auf dem unterirdischen Parkplatz gemacht hatte, um nicht von einer Kamera erfasst zu werden. Dann schlüpfte sie durch die Schiebetür und stand im Ballsaal.

Hier hatten die Dekorationsleute ganze Arbeit geleistet. Wo noch vor wenigen Stunden eine einfache Decke gewesen war, gab es nun kunstvolle Stuckarbeiten. An den Wänden wechselten sich königliche Porträts und Kerzenleuchter mit vergoldeten Verzierungen ab. Ein Teppich in leuchtendem Rot lag neben der freigeräumten Tanzfläche. Das Podest war von einer Art Rahmen aus kleinen Spiegeln eingefasst. Es war ein wahrhaft prunkvoller Anblick, der im Kontrast zu den Musikern stand, die in Straßenkleidung ihren Einsatz probten. István fehlte, was befremdlich war, nachdem er Libby doch herbestellt hatte. Aber auch ohne ihn spielte die fünfköpfige Band ziemlich gut. Libby kannte das Stück, eine Instrumentalversion von *Into the Groove* von Madonna. Damals, in den Achtzigern, hatte sie die Sängerin sehr gemocht.

Plötzlich hörte der Bassist auf.*»Arrêtez, les mecs.«* Er stand mit dem Rücken zu Libby.

»Den Madonna-Song streichen wir. Passt nicht auf die Setlist.«

Es war offenbar der Ersatzbassist, mit dem sich István am Telefon gestritten hatte. Der französische Akzent wirkte übertrieben, seine Stimme war sonor. Sie kam Libby bekannt vor.

»Scheiß-Amis! *Assholes.* Narzissten. Madonna spiele ich nicht mehr, ich weigere mich.«

Libby erstarrte, auch den Wortlaut kannte sie.

Die anderen Musiker blickten sich an. »Wir sind nicht politisch aktiv. Hat István dir das nicht erklärt? Wir sind die Harmonists, unser Name ist Programm.«

Da drehte sich der Bassist um, sodass Libby ihn von vorn sehen konnte. Er war breit gebaut, sportlich, hatte halblanges, braun gefärbtes Haar, gegen den Strich gebürstet. Ihr Gehör hatte sie nicht getrogen – es war Adrien. Adrien, der Remo am Morgen ein blaues Auge verpasst hatte. Adrien, der gerade dieselben Worte benutzt hatte wie der Anrufer in der Fromagerie, welcher allerdings eine viel schmächtigere Postur gehabt hatte. Wie ging das auf? Und wie war der als Bassist in dem Orchester gelandet? István hatte gesagt, er sei der Einzige gewesen, den sie auf die Schnelle gefunden hatten. »Ich schlage statt Madonna Beethoven vor«, sagte Adrien. »Der Premier steht auf den alten Klassiker.«

»Dazu kann man nicht tanzen«, protestierte einer der anderen.

»Doch, spielt mal.«

Sie taten es erst widerwillig, dann immer selbstvergessener. Als die Melodie richtig in Schwung gekommen war, stellte Adrien seinen Bass in eine Halterung und forderte eine vorbeigehende Palace-Angestellte zum Tanz auf. Sie drehten ein paar Runden, und er schwang seine beneidenswert flexiblen Hüften.

»Seht ihr? Wir sind im *Groove*.«

Nun nahm er sich ein Mikrofon und begann, ein Lied von Stephan Eicher anzustimmen.

»Adrien! Kannst du Dialekt?«, rief die Keyboarderin verblüfft.

»Ich bin eben ein Stimmentalent.«

Libby hatte genug gesehen und verließ den Saal wieder durch die Schiebetür. Geistig schob sich Adriens Bild über das Gesicht von Nils. Die Person in der Fromagerie hatte mit Adrien telefoniert – das ergab Sinn. War Adrien nicht nur hier, um Bass zu spielen? Das war die Frage, der sie nachgehen sollte.

Um im Baccarat-Saal einen Blick auf das Collier zu werfen, trat Libby aus Versehen an die Stelle, an der am Morgen eine Lichtschranke gewesen war. Oje. Gleich würden sie hereinstürmen und sie verhaften. Adiö, Libby.

Einundzwanzig, zweiundzwanzig …

Es ertönte kein Alarm, und Libby wurde auch nicht

von bewaffneten Männern zu Boden geworfen. Die Sicherheitsanlage war gar nicht eingeschaltet. Entweder war das Schlampigkeit oder ein Beweis dafür, dass es sich bei dem Collier tatsächlich nur um eine Kopie handelte.

Wieder beim Ausgang ging Libby unauffällig an den vier Securitas vorbei, die immer noch über den Bildschirm gebeugt waren. So einfach konnte man sie überlisten. In dem Moment kam Britta von Allmen auf sie zu.

»Frau Andersch, da sind Sie ja. Ich soll István bei Ihnen entschuldigen.« Sie stutzte. »Sie sehen verstört aus. Ist alles in Ordnung?«

Libby überlegte, ob sie die Maître d'Hôtel wegen Adrien einweihen sollte. Aber abends nach neun Uhr sollte man solch komplizierte Dinge nicht mehr angehen. Jetzt, da der Adrenalinschub nachließ, spürte sie nämlich gewisse Zweifel.

»Es war ein langer Tag.«

»Sie können ins Chalet Nummer sieben gehen, die Wohnung gleich beim Eingang. Ihr Gepäck ist schon da. Hier ist der Schlüssel.«

Immerhin hatte die Übernachtung geklappt. Libby bedankte sich und entschied sich lediglich für einen kleinen Rat. »Können Sie István etwas ausrichten? Er soll auf den Bassisten achtgeben.«

»Warum?«

»Er ist ein aalglatter Kerl.«

»Aber seine Stimme – es Träumli. Da verzeiht man ihm vieles.«

Adrien war offenbar beim Gstaader Publikum bereits beliebt, sogar bevor er seinen ersten Auftritt hatte.

»Wo wohnt er?«

»Vorn in den Chalets. So wie wir alle.«

»Allein?«

»Die fünf Harmonists teilen sich eine Familienwohnung.«

Dann gab es eine gewisse soziale Kontrolle.

»Bis morgen dann. Grüßen Sie Ihr kleines Söhnchen von mir.«

Britta strahlte auf. »Noch eine halbe Stunde bis Feierabend. Gute Nacht, Frau Andersch.«

Auf dem Weg in Richtung Ausgang überlegte Libby ganz kurz, ihren Verdacht trotz allem den Bupos zu melden. Aber wenn sie sich vorstellte, wie die sie nicht zu Wort kommen lassen und direkt nach Zürich spedieren würden …? Nein, sie würde abwarten und weitere Beweise sammeln.

***

Draußen war es Nacht geworden, der Himmel weit, der Mond voll, die Tannen warfen Schatten. Eine Märchenkulisse. Auf den letzten Metern wurde Libby langsamer. Ihre Hüfte hatte genug.

An der Tür zum ersten Apartment in Chalet Nummer sieben klebte ein Zettel. Er war von Lara. Libby dürfe das Schlafzimmer benutzen, sie selbst würde später mit dem Sofa vorliebnehmen, jetzt sei sie noch unterwegs.

Der Vater hat wohl Verspätung, dachte Libby.

Beim Hereinkommen wurde sie von einer Katze begrüßt. »Na, wer bist du denn?«, fragte sie die Getigerte, die auf dem Wohnzimmertisch thronte und Libby nicht aus den Augen ließ. Wenn sie je ein Tier gehabt hätte, wäre eine Katze ihre erste Wahl gewesen.

»Heißt du vielleicht Diane?«

Sie fand einen Futterbeutel und servierte der Katze den Inhalt in einem Schüsselchen. Innerhalb kürzester Zeit war es leer. Im Schlafzimmer legte sich Libby aufs Bett. Was für ein Tag. Sie seufzte ein wenig, ihre Beine fühlten sich geschwollen an. Dann zog sie die Decke über sich und ließ den Blick schweifen. Das Zimmer war klein, hatte Holzbalken und weiße Wände. Eine Tasche mit offenem Reißverschluss und voller Kleider war das einzig Persönliche. Durch die halb offene Tür sah sie auf dem Waschtisch im Bad ein Durcheinander aus Schminkzeug und Modeschmuck, genau wie bei Britta. Das schien hier zum Berufsprofil zu gehören.

Die Katze machte einen Sprung und kuschelte sich an Libbys Bein.

Wie würde es den anderen in der Jugendherberge ergehen? Und wo war Nils jetzt wohl? Hielt er beim Esmeralda Wache?

Der Name des Chalets erinnerte Libby an etwas. Aber bevor sie dem nachgehen konnte, fielen ihr die Augen zu.

14

Am Samstagmorgen um acht Uhr saßen Libby und Noah zusammen im Frühstückszimmer an einem Tisch. Gleich stand die offizielle Eröffnung der Schmuckausstellung an, vermutlich waren die Splits dabei, vielleicht aber auch Nils und Adrien, dafür wollte sich Libby stärken. Sie hatte sich Bohnen auf Toast ausgesucht, Noah verdrückte eine Portion Rührei mit Würstchen. Er verkündete mit ziemlich vollem Mund, dass er ab jetzt alles dransetzen werde, die Probezeit zu bestehen, denn dann könne er nach der Matur in England studieren, was sein neuestes Ziel sei.

»Die Kids sagen, ich kann dann bei ihnen wohnen.«

In der Downing Street Nummer zehn? »Da hat deine Mama wohl auch noch ein Wörtchen mitzureden.«

»Sie will ja, dass ich selbstständig bin.«

»Apropos selbstständig … hast du denn noch weitere Theorien zu Nina Kandinskys Mörder entwickelt? Bald kommt hier nämlich der Schlussspurt.«

Noah schüttelte den Kopf. »Mir ist das zu brutal.«

Bevor Libby sich zu seiner Hundertachziggrad-Wende äußern konnte, tauchte Lara auf, um ihr einen zweiten Kaffee zu servieren. Sie trug die dunkelblaue Arbeitsuniform, war blass, mit Augenringen, und entschuldigte sich, dass sie in der Nacht nicht mehr heimgekommen war.

»Wegen Ihres Vaters?« Libby lächelte ihr zu. »Ist er denn jetzt hier?«

»Auf seine Weise, ja.«

Mit schnellen Bewegungen räumte sie das benutzte Geschirr weg und ging damit in Richtung Küche. Ihr Gang, da war doch etwas. Nachdenklich rührte Libby Zucker in die dampfende Flüssigkeit, nahm einen Schluck und widmete sich ihrem Strickzeug. Die rote Mütze war schon ziemlich weit gediehen, bald würde sie mit der blauen beginnen.

»Morgen, ihr zwei.« Tonino stand da, frisch und munter, in seiner Butler-Livree, zwei Teller mit Kuchen balancierend. »Den haben sie mir in der Küche mitgegeben. Palace Citronelle, ein Zitronenkuchen, extra für Sie, Frau Andersch. – Und das ist für dich.«

Während sich Noah darauf konzentrierte, den gedeckten Apfelkuchen mit Vanillecreme in drei Bissen zu verschlingen, erzählte Tonino Libby leise, dass er von seinem Kollegen bei der Dorfpolizei einige Informationen zu Nils Steinmann bekommen habe.

»Der war früher mal ein richtig guter Journalist. Verrückt, wie manche Menschen vom Weg abkommen können.«

Er zeigte Libby ein Bild einer Veranstaltung. Im Hintergrund waren eine Menge Leute zu sehen, im Vordergrund zwei Journalisten. Sie erkannte Nils sofort, seine jüngere und gepflegtere Ausgabe.

Kleider machen Leute, dachte sie.

Dann blieb ihr Blick am zweiten Mann hängen. Sie stutzte.

»Ich glaube, der ist auch hier«, sagte sie. »In der Politikertruppe vom Bundesrat. Er mag englische Farmen und ist dafür, dass die Schweiz sich öffnen soll.«

»Was faseln Sie da?« Tonino sah Libby an, als ob sie verrückt geworden wäre. »Das ist der Wodka im Kuchen. Vielleicht legen Sie sich nach dem Frühstück noch mal hin.«

»Nicht nötig, ich bin hellwach. – So oder so, bitten Sie den Dorfpolizisten um mehr Informationen zu Nils Steinmann, seine Verbindungen und so was. Nicht dass der irgendeinem Revolverblatt falsche Geschichten verkauft.«

Tonino lachte. »Geht in Ordnung. Jetzt muss ich in den Stollen. Man sieht sich.«

Und weg war er.

Libby hatte kaum eine Nadel abgestrickt, als sie erneut angesprochen wurde.

»Good morning.«

Die Premiersgattin stand vor ihnen, in derselben Jeans wie am Abend zuvor und frisch wie eine Rose.

Die Kinder hätten nach Noah gefragt, sie wollten wieder dieses Spiel spielen und bräuchten ihn dafür.

»Das mit dem Käse?«, fragte Libby.

Die Gattin bat einen Kellner um einen Tee und setzte sich zu ihnen. »Solange sie nicht an ihren Handys kleben, ist mir alles recht.«

Noah war bereits vom Tisch aufgestanden.

»Aber willst du nicht zur offiziellen Eröffnung der Schmuckausstellung in den Baccarat-Saal kommen?«, fragte Libby leise. »Ich habe gehört, dass Marc Split da noch einige Dinge erzählt, die auch für unseren Fall wichtig sein könnten.«

Noah schüttelte den Kopf. »Ich geh zu den Kindern. – Und später auf den Ball.«

Der Ball, den hatte Libby verdrängt. »Ich muss mir ein Kostüm ausleihen. Soll ich dir auch eines mitbringen?«

»Ich habe schon eins.« Noah war tatsächlich rot geworden. »Mit Krawatte und so. Tschüss, Tante Andersch.«

Libby und die Gattin sahen ihm hinterher.

»Ist die Konferenz auch heute Morgen noch im Gang?«, fragte Libby.

»Leider. In der Fromagerie.«

»Sehr gut. Die ist abhörsicher.« Libby erklärte, was es mit dem ehemaligen Bunker auf sich hatte. »Denken Sie, dass es ein Abkommen geben wird?«

»Wenn sie sich einigen können. Mir scheint, da ist viel Sturheit im Raum. Und Eitelkeit.«

»Sie sollten auch mitreden!«

Die Gattin signalisierte, dass sie sich nicht einmischen wolle.

»Schade. Ich wette, Sie sind klüger als die meisten Männer in der Runde. Ich habe gestern eine Konversation mitgehört. Ziemliche Rindviecher.«

»Ich kann es mir lebhaft vorstellen.« Die Gattin stand auf, die Teetasse in der Hand. »Ich will im Sportshop Schlittschuhe für die Kinder ausleihen.«

»Werden Sie denn das Collier tragen? Zum Ball, meine ich.«

Ihr Gesichtsausdruck wurde angestrengt. »Ach, diese Aufregung wegen der paar Steine, da krieg ich schlechte Laune. Man hat es mir aufgenötigt.«

»Ihr Mann?«

»Sicher nicht.«

Dann kam eigentlich nur noch einer infrage. Der König persönlich.

Libby packte eine heilige Ehrfurcht. »Hören Sie, wenn es derjenige ist, den ich meine, wäre es Ihnen möglich, mir ein Autogramm von ihm zu verschaffen? Ich habe eine Freundin hier, Margot mit der Kutsche, sie wünscht sich eines.«

»Ich gebe mein Bestes. Bis später, Libby.«

»Libby«, hatte sie gesagt. Wieder spürte sie dieses warme Gefühl in der Brust. Heute Morgen hatte sie schon mit mehr Menschen gesprochen als sonst in einer Woche.

Energisch nahm sie das Strickzeug in die Hand. Wenn sie beide Mützen schaffen wollte, musste sie sich sputen.

***

Als Libby den Baccarat-Saal betrat, war dieser bereits gut gefüllt. Ein Podium mit Leinwand und Mikrofon war aufgestellt worden, bestimmt hundert gut gekleidete Leute streiften die nun schmuckgefüllten Vitrinen entlang und unterhielten sich angeregt, nicht nur Hotelgäste, sondern auch schmuckbegeisterte Auswärtige. An den Wänden waren Securitas von ChalSec positioniert, und die Sicherheitsabstände waren klar gekennzeichnet.

Libby kämpfte sich zu den Kronjuwelen durch. Das Collier war in eine Box mit echtem Panzerglas umgezogen. Wie davor lag es auf einem seidenen Kissen, darum herum aber waren ein Ring, ein Armband, Ohrhänger und – zu Libbys Freude – eine Brosche drapiert.

Sie bildete sich ein, dass der Brillant in der Einfassung

des Ringes etwas mehr funkelte als der Cullinan 10. Das würde darauf hindeuten, dass es sich bei den neu hinzugekommenen um Originalstücke handelte, während das Collier nach wie vor eine Kopie war.

»Wurden die Schmuckstücke in der Nacht angeliefert?«, fragte sie eine junge Securitas.

»Hä?« Sie verstand nicht, was Libby meinte.

»Die Victoria-Kollektion. Gestern lag nur das Collier hier.«

Die Securitas hatte keine Ahnung. »Wir sollen einfach Wache schieben, dass kein Unbefugter hereinkommt oder etwas anfasst. Sind Sie befugt?«

Libby zeigte den Schlüssel zu ihrer Wohnung. »Ich bin ein Hotelgast.«

Sie setzte sich in der Nähe des Kamins auf einen Sessel an der Seite und harrte strickend der Dinge. Nils konnte sie unter den Gästen so wenig ausmachen wie Adrien oder István Toth. Vielleicht hatten die noch eine letzte Probe.

Nun tat sich etwas auf dem Podium. Der Hoteldirektor stellte sich auf, neben sich die strahlende Britta von Allmen, gefolgt von Marc Split. Er hatte sich in Schale geworfen, er wirkte elegant, kompetent und irgendwie glücklich, als wäre er nach einer langen Reise am Ziel angekommen. Remo hingegen lehnte krumm und stumm an der Wand, wie ein überflüssiges Requisit in seinem eigenen Stück. Er trug eine Lederjacke und die Sonnenbrille, unter deren Rand die gelb-grün-violett verfärbte Haut hervorschaute.

Libby versuchte, sich den Dritten im Bunde vorzustellen, den kleinen Bruder Tiffy. Zwischen den beiden

Schwergewichten kann man nur nach Amsterdam ausbüxen, dachte sie.

Marc klopfte ans Mikrofon und begann eine ausführliche Begrüßung. Eine Zuspätkommende schlich zur Tür herein, Helen, die in der Jugendherberge übernachtet und extra den Frühbus genommen hatte, um ja nichts zu verpassen.

Sie setzte sich zu Libby und flüsterte, dass sie gestern Abend alle zusammen eine Faktenrecherche zu Nina Kandinsky gemacht hätten. Sie, Helen, habe dabei nach dem Museumskurator des Berner Kunstmuseums gesucht. Er sei längst gestorben. Es sei jedoch nicht von der Hand zu weisen, dass das Museum von Kandinskys Tod profitiert hatte.

»Ich habe zwanzig Punkte bekommen, nun bin ich in Führung.«

Libby gönnte es Helen von Herzen und fühlte sich fast ein wenig beschämt, weil sie kaum noch an Nina Kandinsky gedacht hatte.

Marc war in seiner Rede inzwischen bei der Ausstellung angelangt. Er bedankte sich vor allem beim englischen Königshaus dafür, dass es die Kronjuwelen zur Verfügung gestellt hatte.

»Hat noch jemand eine Frage dazu?«

Libby hob ihre Stricknadel. »Wieso gelten die Stücke aus der Victoria-Kollektion eigentlich als Kronjuwelen?«

»Was?«

»Ich meine, was zeichnet sie dafür aus?«

Er zögerte. »Das ist eine lange Geschichte. Ich weiß nicht, ob das jemanden interessiert.«

Doch das Publikum zeigte sich neugierig, sodass er in

den sauren Apfel beißen musste. »Die Victoria-Kollektion kam als Geschenk in den Besitz von Wallis Simpson, der amerikanischen Frau von König Edward dem Achten.«

Marc rekapitulierte die Stationen des Liebespaares und wie Edward im Jahr 1936 nach nur zwölf Monaten auf dem Thron für Wallis zurücktrat, um mit ihr nach Paris zu emigrieren.

»Im Gepäck hatten sie ihren gesamten Schmuck, darunter auch die Victoria-Kollektion. Ein Teil davon ist dem Paar jedoch später bei einem Besuch in der Heimat aus einem Londoner Privathaus gestohlen worden.«

Die Geschichte weist Parallelen zu Ninas Schicksal auf, dachte Libby. Nur hatte Wallis Simpson den Raub gut überstanden und sogar eine hohe Versicherungssumme dafür kassiert, während Nina ermordet worden war.

Jetzt hatte auch Helen eine Frage. »Wie viel war der Schmuck damals wert, was muss man sich darunter vorstellen?«

»Ein paar Hunderttausend. Heute wären es etwa siebzehn Millionen.«

Marc ließ einen wichtigen Punkt aus, den Libby, als stille, aber konsequente Royalistin kannte. Sie hob erneut die Nadel. »Also, ich will Ihnen nicht reinreden, aber gab es nicht den Verdacht, dass Wallis den Diebstahl inszeniert hatte?«

»Davon weiß ich nichts.« Marc runzelte die Stirn.

»Ich aber schon. – Zum Beispiel wollte Wallis Simpson keinen Safe benutzen, sie bestand darauf, den Schmuck in ihrem Koffer aufzubewahren. In einem Koffer, man stelle sich das einmal vor! Das ist umso merkwürdiger, weil die Gastgeber nämlich einen großen Tresor hatten. Und weil der Einbruch ›zufällig‹ genau dann passierte, als das Dienstmädchen mit den Hunden draußen war.«

Gemurmel wurde laut, die Leute stupsten sich an.

»Moment, wie war das noch gleich?«, fragte eine Dame aus der ersten Reihe. »Die Victoria-Kollektion wurde gestohlen?«

»Nein, das ist völliger Blödsinn. Sonst wäre sie nicht hier«, beeilte sich Marc zu sagen.

Libby hatte noch weitere Informationen in petto. »Weil Wallis sie zu Hause in Paris gelassen hat. Solange Schmuck sicher im Tresor liegt, passiert nämlich wenig. Die Schwachstellen liegen in den Übergängen, im Transport von einem Ort zum anderen, in der Bewegung. Genau das ist ja Nina Kandinsky zum Verhängnis geworden, was aus heutiger Sicht ein wenig naiv anmutet. Wallis jedoch war sehr schlau, weshalb ich zu der Meinung neige, dass sie diese Schwachstelle nicht nur kannte, sondern aktiv ausnutzte und am Juwelenraub beteiligt war. Ihr Ziel war die Versicherungssumme.«

Das gesamte Publikum hatte sich zu Libby umgedreht und starrte sie an.

Unbeirrt sprach sie weiter. »In diesem Zusammenhang wüsste ich gern, ob die Victoria-Kollektion und insbesondere das Cullinan-Collier auch versichert sind, Herr Split, und wenn ja, für welche Summe?«

Einundzwanzig, zweiundzwanzig …

Die Gesichter drehten sich wieder nach vorn. Remo Split hatte ein Pokerface aufgesetzt. Marc Split gab jemandem ein Zeichen.

Als sich die junge ChalSec-Securitas und einer ihrer

Kollegen Libby näherten, zog sie es vor, sich freiwillig zurückzuziehen. Dass man sie machen ließ, verdankte sie vermutlich dem höflichen Umgangston im Palace. Hier gingen die Gäste vor, so unbequem sie auch waren.

***

Wallis' Geschichte bestärkte Libby in der Vermutung, dass sowohl Nils, Adrien als auch Remo und Marc Split in einen geplanten Juwelenraub verwickelt sein könnten und in einer Beziehung zu der Person in der Fromagerie standen. Leider hatte sie nun ein drohendes Rayonverbot am Hals und keinerlei Beweise. Noch nicht. Es wäre allerdings nicht das erste Mal gewesen, dass sie aus nichts etwas herausholte. Sie würde sich auf den Ball am Abend konzentrieren und die Augen offen halten. Dabei vertraute sie darauf, dass sie sich in der Menge der Gäste unsichtbar machen konnte.

Im Moment war Diane die wichtigste Spur. Dass Libby bislang nicht herausgefunden hatte, wer oder was sich hinter diesem Namen verbarg, war höchst eigenartig. Sie würde es erneut versuchen. Zuerst ging sie jedoch zur Rezeption und rief Esme in der Jugendherberge in Saanen an, um sich nach Nils zu erkundigen.

Esme hatte keine guten Nachrichten. Nils sei nachts nicht heimgekommen und habe sich auch nicht gemeldet.

»Nicht mal mehr seine Nachrichten schaut er an. So ein Idiot.« Sie wirkte schwer enttäuscht. »Und dabei gibt es etwas zu feiern.«

Der gesamte Krimiklub sei zum Ball eingeladen worden, das hätten sie István Toth zu verdanken. Daraufhin habe Esme eine Live-Schaltung in die Abendsendung im ersten Programm organisiert.

»Der Chefredakteur hat zwar geflucht, aber ich finde, so viel Flexibilität muss sein. – Ihr habt übrigens Chancen, zu gewinnen, Libby.«

Sie und Noah hätten bisher die zweitmeisten Punkte gesammelt. »Nur Helen liegt vor euch. Aber du bist näher an der Quelle.« Dann stöhnte Esme auf. »Für uns steht jetzt die Kleidersuche an. Festlich ist der Dresscode. So etwas habe ich nicht dabei.«

Libby holte Margots Karte aus der Tasche, auf der die Telefonnummer des Kostümverleihs stand. Sie diktierte sie Esme.

»Sie haben Sachen für Männer, Frauen und Kinder im Angebot. Ich gehe am Nachmittag auch da vorbei.«

Danach gab es nichts mehr zu tun. Nur noch warten auf den Ball.

Libby verbrachte eine Stunde im Bistro beim Eisfeld, um den Kindern zuzusehen. Die Sonne verschwand, der Himmel bedeckte sich. Nach dem Mittagessen zog sie sich in einen Sessel in der Lobbybar zurück. Nicht weit entfernt von dem Mädchen, das schon wieder ein neues Buch las. Seine Miene war diesmal unbeweglich.

15

Das schwarze Kleid mit der lila Schärpe saß wie angegossen. Es ließ Libby im Spiegel richtig respektabel erscheinen und war lang genug, um die dicken Winterstiefel zu verbergen.

An der Kasse bezahlte sie bar. »Ich behalte es gleich an.«

Die Schneiderin nickte wohlwollend und half Libby, das Lodencape ordentlich zu drapieren. Als Dreingabe schlang sie ihr zusätzlich einen warmen Schal um den Hals. »Sie hatten Glück, in Ihrer Größe wollte niemand etwas. Ansonsten ist alles verliehen.« Nicht nur die Politikerprominenz und die Leute vom Hotel, auch viele Einheimische würden zum Ball kommen.

»Sechshundert Gäste.«

Das klang beruhigend.

Libby trat auf die Promenade hinaus, wo einzelne Schneeflocken aus dem Himmel fielen, der wie eine bleierne Decke über dem Tal hing.

Ein Schnauben ertönte, Margot wartete mit der Kutsche auf sie. Zur Feier des Tages hatte sie sich in eine Livree geworfen und eine steife Mütze über das Haar gestülpt, darüber eine Plastik-Pelerine, um nicht nass zu werden.

Sie reichte Libby mit der bereits vertrauten Geste die Hand und zog sie neben sich auf den Kutschbock, Kraft hatte sie für zwei. Und Ausdauer, sie sei praktisch den ganzen Tag hin und her gefahren.

»Die Leute freuen sich am meisten aufs Tanzen. Du solltest auch eine Begleitung haben.«

Margot warf Libby einen schelmischen Blick zu, bevor sie mit der Zunge schnalzte, das Zeichen für die Pferde, um in ihren Trott zu verfallen. »Einen Prinzen.«

Das war so weit entfernt von Libby wie ein Echo von der Stille. In ihrer Jugend waren die Zeiten anders gewesen. Sie hatte sich für das Berufsleben entschieden und sich ohne Studium vollumfänglich für die Wissenschaft eingesetzt. Außerdem hatte sie ihre Mutter gepflegt, die vor fünf Jahren gestorben war. Mit den verpassten Möglichkeiten hatte sie sich längst versöhnt. Dabei spielten ihr GA, der Krimiklub und der Chor eine wichtige Rolle. Sie kam allein sehr gut zurecht. Auch wenn sie nicht leugnen konnte, dass sie die Begleitung von Noah schätzen gelernt hatte.

»In Ordnung, wenn wir einen kleinen Umweg machen?«, fragte Margot. »Ich muss eine geheime Fuhre vom Oberbort ins Palace bringen. Keine Menschen, eine Sache.«

Könnte es das Collier sein?, fragte sich Libby augenblicklich. Die Idee, dass Marc Split den mobilen Safe per Pferdekutsche anliefern würde, hatte etwas Bestechendes. Es wäre die perfekte Tarnung. Ein möglicher Beobachter würde nach einer Limousine Ausschau halten und nicht nach einem Touristen-Fuhrwerk.

»Fahren wir ins Alpina?«

Margot schüttelte den Kopf. »Aus Sicherheitsgründen soll ich nicht über meinen Zielort sprechen, wurde mir befohlen. – Ich muss mal kurz was trinken. Kannst du die Zügel übernehmen?«

Libby brauchte etwas Zeit, um sich wieder daran zu gewöhnen. Dann machte sie eine Bewegung, die die beiden Pferde zu einer schnelleren Gangart brachte.

Margot hatte sich Tee aus einer Thermosflasche eingeschenkt und staunte. »Du kennst dich aus, Libby?«

»Früher wäre ich gern Turnierreiterin geworden. Leider ein viel zu kostspieliges Hobby, nichts für unsereine. Manche Sportarten können sich nur reiche Menschen leisten.«

»So wie manche Hotels.«

Sie blickten beide zum Palace, auf dessen Fassade zur Feier der Eröffnung die britische und die Schweizer Flagge projiziert waren. Es sah aus, als würden sie einen Liebestanz aufführen und dabei um die Wette flattern.

Libby hatte Mühe, die Pferde am Hotel vorbeizulotsen.

Margot lachte. »Gewohnheitstiere. Sonst mach ich da halt immer Pause.«

Sie plauderten über dies und das, bis Libby auf Tiffy zu sprechen kam, den dritten Split-Bruder.

»Wann ist er gestorben, hast du eine Ahnung?«

Die Antwort kam wie aus der Pistole geschossen. »Vor acht Jahren. Remo hat damals wegen der Beerdigung seinen Laden für ein paar Tage geschlossen, das weiß ich noch. Und kurze Zeit später hat er ChalSec gegründet.«

»Gibt es einen Zusammenhang zwischen Tiffys Tod und der Firma?«

Margot erzählte, dass Tiffy Split bei einem Diamantendiebstahl ums Leben gekommen sei. Libby hatte ein kleines Drama vermutet, aber das klang nach einer Tragödie.

»Was ist denn passiert? Wurde sein Laden in Amsterdam ausgeraubt?«

Margot verneinte. »Andersrum: Tiffy war der Dieb. Er ist bei einem Raub abgestürzt. Die Presse hat ihn als skrupellos beschrieben. Dabei war er nur ein Pechvogel, der zur falschen Zeit am falschen Ort war. Er hatte sich auch eine unmögliche Aufgabe gestellt: Er wollte Kronjuwelen stehlen.«

»Aber nicht die Victoria-Kollektion?«

»Doch, natürlich. Hast du dich nie gefragt, warum Marc Split alles darangesetzt hat, das Cullinan-10-Collier hierherzubringen? Eine Juweliersdynastie, und dann wird der Jüngste zum Dieb – da muss der Älteste diese familiäre Scharte doch auswetzen! Darum ist Marc auch so angespannt. Es darf diesmal nichts schiefgehen. Im Dorf munkelt man, er habe das Collier in einer Höhle auf dem Berg vergraben. Oder unten am Fluss.« Margot grinste. »Wenn du mich fragst, haben Remo und Marc alles im Griff. Und der Ball wird heute Abend ohne Probleme verlaufen.«

Da war Libby nicht so sicher. »Was ist denn damals genau passiert?«

»Das Tower Museum hat die Victoria-Kollektion an eine holländische Prinzessin ausgeliehen. Die Schmuckausleihe scheint in solchen Kreisen gang und gäbe zu sein.« Remo habe es ihr mal erzählt. »Als wir zusammen in der Lobbybar versackt sind. – Das Collier sollte offiziell im Tresor des niederländischen Nationalmuseums aufbewahrt werden. Inoffiziell lag es aber in einem Safe eines Amsterdamer Wohnhauses, direkt an einer Gracht. Tiffy wusste das. Wie er an die Informationen gekommen ist, blieb ein Geheimnis. Für den Einbruch in das Grachtenhaus, bei dem er die Fassade hinaufkletterte, hat er wochenlang trainiert. Aber jemand kam ihm zuvor. Jemand, der seinen Plan kannte und ihn den Raub ausführen lassen wollte, nur um ihm danach das Collier abzunehmen.«

»Das klingt fast schon absurd.«

Margot hatte nur auf dieses Stichwort gewartet. »Wem sagst du das? Stell dir vor, Tiffy gibt den Code ein und holt den Schmuck aus dem Safe. Er liegt schwer und kühl in seiner Hand. Er legt ihn wie geplant um den Hals, damit er die Hände zum Hinunterklettern frei hat. In dem Moment hört er den Lift kommen. Erster Stock, zweiter Stock, dritter Stock, vierter Stock. Ein maskierter Mann greift ihn an. Tiffy wehrt ihn ab, muss aber zurückweichen, bis er das Gleichgewicht verliert und aus dem offenen Fenster in die Gracht stürzt.«

An den Steinen klebt Blut. Der Satz aus dem Telefonat bekam eine neue Bedeutung.

»Wer war der Gegenspieler?«

»Er hat seine Visitenkarte hinterlassen, wie das alle Meisterdiebe tun. Er hieß Velours.«

»Weil er sozusagen auf samtenen Katzenpfoten schlich?«

»Genau. Ganz geschmeidig.«

Wie Cary Grant als John Robie im Film *Über den Dächern von Nizza*, dachte Libby, die eine Anhängerin des alten Hitchcock-Films aus dem Jahr 1955 war. Ein Puzzleteil fiel an seinen Platz. Das eigenartige Gefühl, das sie mehrmals erfasst hatte, wurde konkret: Sie wohnte einer Inszenierung bei. Jemand verfolgte einen sehr genauen und vermutlich leicht größenwahnsinnigen Plan, der über den Juwelenraub hinausging. Dessen Zweck und Ziel verbarg sich Libby jedoch. Noch.

»Wer hat Tiffy verraten?«

»Das hat hinterher niemanden mehr interessiert. Er hatte keine Fürsprecher, als vereitelter Juwelendieb.«

Margot übernahm die Pferde wieder.

»Wurde Velours gefasst?«

»Er entkam. Er war einer der erfolgreichsten Juwelendiebe weltweit. Aber seither hat man nichts mehr von ihm gehört.«

Libbys Herzschlag beschleunigte sich. Er könnte hier sein. Nils, dachte sie. Ist er Velours? Oder kennt er Velours?

»Und das Collier?«

»Tiffy trug es noch, als ihn die Schugger bargen. Eine tragische Verstrickung: Ein Dieb wird vom Berufskollegen getötet, und die Beute kehrt zum Besitzer zurück. Viel Lärm und viel Schaden für nichts.«

»Hatte Tiffy Kinder?«

»Ich glaube. Eine Tochter. Keine Ahnung, was aus ihr geworden ist.« Margot schwieg und konzentrierte sich voll auf das Lenken der Pferde.

»Bist du irgendwie verwandt, dass du das alles weißt?«, fragte Libby.

Margot seufzte. »Ich war mit Tiffy zusammen. Ein Schuelschätzli. Er war damals alles für mich. Wie verrücktes Quellwasser. So lebendig.«

Margot hatte Tiffy geliebt, und nachdem die Schleusen

einmal offen waren, war sie nicht mehr zu bremsen. Während sie das Bild eines genialen, aber auch gefährdeten Menschen zeichnete, dem sie letztlich nicht gefolgt war – »Wir wollten zusammen weg, aber ich bin einfach nicht zum Bahnhof gegangen« –, gewann das Fuhrwerk an Höhe.

So weit oben am Berg war Libby noch nie gewesen.

Die Aussicht war noch besser als vom Esmeralda aus. Durch die wenigen wirbelnden Schneeflocken sah man die gegenüberliegende Seite des Tales, die funkelnden Lichter der Chalets und darüber den Wald und die Gipfel. Sie waren in den bläulichen Schein der beginnenden Dämmerung getaucht.

»So, fertig, lustig«, sagte Margot. »Genug geplaudert. Das macht Tiffy nicht mehr lebendig.«

Die Pferde kamen zu einem Halt.

»Wo sind wir?«, fragte Libby.

»Vor Marcs Haus. Wenn Tiffy das Schattenkind war, ist Marc das Gegenteil.« Sie zeigte auf ein Chalet der Luxusklasse.

»Voilà. Das Diane.«

16

Ein Chalet. Das Diane war ein Chalet.

Diane? Ich mache alles platt.

Die Person in der Fromagerie hatte von einem Chalet gesprochen, und nicht von einer Frau.

Der Akzent fiel Libby ein, das gerollte R und die langen Vokale.

»Weißt du, welche Nationalität dieser Velours hat?«

Margot zuckte die Achseln. »Der Name klingt französisch. Aber es könnte auch eine Hommage an berühmte Juwelendiebe sein, die ja der Legende nach oft aus Frankreich stammen. Ich sage nur Arsène Lupin. Oder Napoleon.«

Oder Marc, Remo, Adrien, dachte Libby. Nils, der den Akzent nachahmte, die Person aus der Fromagerie.

Margot stieg ab, um die dampfenden Pferde mit Zuckerstücken zu belohnen.

Es war ganz still, kein Auto, kein Vogelgezwitscher, nur der leise fallende Schnee.

»Was holen wir hier? Du hast eine ›Sache‹ erwähnt.«

»Ein kleines Paket.«

Mit Margots Hilfe stieg Libby ebenfalls ab. Das eine der beiden Pferde schnaubte.

»Hoppla, was ist denn mit dir los?«

Margot beruhigte den Gaul und schaute auf ihre Armbanduhr. »Wir sind zu früh.«

Das Chalet wirkte dunkel und verlassen. Plötzlich hatte Libby eine Idee. »Kann man vom Esmeralda aus bis hierher sehen?«

»Vermutlich. Luftlinie ist das etwa ein Kilometer.«

Nils könnte Fotos vom Diane gemacht haben, dachte Libby, als er das Handy in Ninas Schlafzimmer an die Scheibe gehalten hatte. Vielleicht um sich einen Umgebungsplan zu machen. *Diane, dich krieg ich*, hatte die Person gesagt.

»Lebt Marc hier?«

»Selten. Nur wenn er zu Besuch ist, meist ist dann auch seine Freundin bei ihm.«

»Die Sicherheitschefin vom Alpina?«

Margot grinste. »Du stehst mir ja in nichts nach, was die Informationsbeschaffung angeht.«

Libby hatte keine Zeit für Komplimente. »Kommt sie auch zum Ball?«

»Natürlich. Das Palace ist gastfreundlich, sogar gegenüber der Konkurrenz.«

Die Pferde scharrten mit den Hufen im Schnee, der sich hier angesammelt hatte. Libbys Blick ging wieder zum Haus. »Es muss viel wert sein.«

»Bei Remo hat's nur für eine Wohnung im Dorf gereicht. Marc hat am besten gewirtschaftet.«

Das war nicht zu übersehen. »Hat er zufällig einen Kandinsky im Haus hängen?«

Margot war erstaunt. »Im Wohnzimmer an der Wand, ganz prominent. – Kannst du mir verraten, warum dich das interessiert?«

»Ich denke, dass das Original-Collier mit dem Cullinan 10 hier in einem Safe versteckt ist und dass du es ins Palace transportieren sollst, um einen Juwelenraub durchzuführen oder einen Juwelendieb zu verwirren.«

Margot entwich ein Laut. »Und was liegt dann in der Vitrine im Palace?«

»Eine Kopie. Marc Split gilt als begabter Kopist. Das Original hat er in London abgeholt und über Nacht hiergelassen, nun sollst du es wahrscheinlich liefern. Eigentlich perfekt. – Wäre Marc dabei nicht von einem jungen Mann namens Nils Steinmann verfolgt worden, der zum Krimiklub gehört. Eine ungepflegte Erscheinung, mit Regenmantel und Brille, aber nicht uninteressant. Ist er dir aufgefallen?«

»Nein. Befürchtest du, er könnte das Collier stehlen? Das halte ich für unmöglich. Die Sicherheitsvorkehrungen sind vom Feinsten.« Margot sah trotzdem angespannt aus. »Ich werde mal im Chalet nachsehen, ob Marc überhaupt da ist.«

»Nein. Ich übernehme das, bleib du bei den Pferden.«

»Und was ist mit deiner Hüfte?«

Libby tätschelte ihre Seite. »Der geht's prächtig, ich hatte gemütliche Stunden in der Lobbybar.«

Dass eines der Pferde erneut schnaubte, gab den Ausschlag. Margot war einverstanden. »Aber nur von außen einen Blick werfen und kurz klingeln, Libby. Geh kein Risiko ein. Sonst fahren wir lieber wieder zurück und bitten jemanden um Marcs Nummer. Die habe ich nämlich nicht.«

Libby trat durch das halb offene Tor. Beim genaueren Hinsehen bemerkte sie einen Stein, der sich in der Schiene verkeilt und das Tor zum Stehen gebracht hatte. Auch der fehlende Bewegungsmelder war eigenartig.

Marc musste sich sehr sicher fühlen, wenn er den ausgeschaltet hatte. Oder das Collier war gar nicht da. Oder es erwies sich auch als Kopie. Eine hier und eine im Palace. Wo aber war dann das Original? Und was sollte Margot transportieren? Mittlerweile schwirrte Libby der Kopf ob all der Fragen.

Sie wischte sich den Schnee vom Cape. Obwohl nur winzige Flocken rieselten, bildete sich eine glitzernde, durchgehende Schicht auf dem Boden. Darin fielen die dunklen Flecken auf einem Stück Niemandsland neben dem Eingang auf. Es war, als ob da der Schnee nicht haften würde.

Plastik, dachte sie, könnten das Plastikbeutel sein? Inszeniert hier jemand den Kandinsky-Raub?

Sie ging zum Chalet. Der Zaun, die Auffahrt, das Haus mit dem Giebeldach, vier Stockwerke, die kleinen Fenster, der riesige Balkon, der sich über die Fensterfront zog – mit Ausnahme des Schneepflugs war alles wie im Esmeralda. Es musste derselbe Architekt gewesen sein. Ob der damals auch untersucht worden war? Vielleicht hatte er einen Schlüssel behalten, von dem niemand etwas wusste. Libby machte sich eine geistige Notiz, dies am Sonntag im Live-Hörspiel einzubringen.

»Libby?« Margots Stimme klang von weither, wie durch Watte.

»Ich klingle gleich!«, rief Libby zurück.

Ein dezentes Ding-Dong. Keine Reaktion. Noch einmal. Vergeblich. Sie entschied sich, einmal ums Haus zu gehen. Nirgendwo bemerkte sie ein Schild einer Sicherheitsfirma. Margot hatte gesagt, Marc sei selten hier. Das erhöhte doch die Möglichkeit eines Einbruchs.

Plötzlich hörte sie ein Geräusch, eine Art regelmäßiges Knallen. Kaum hatte sie den Weg verlassen, um dem nachzugehen, sackte sie im Neuschnee ein. Ihre Hüfte knackte leise. Zum Glück reichten ihre Winterstiefel bis an die Knie. Sie steckte sich den Rocksaum des Abendkleids in den Gürtel und stapfte weiter.

Der Schnee lag tief und unberührt. Die Tannen ragten majestätisch über ihr auf, die Äste schwer beladen. Die Luft war klar und frisch, mit einem Hauch von Eis und feuchter Erde. Schatten tanzten und verstärkten das Gefühl einer abgeschiedenen Winterwelt.

Libby kam zu einer Terrasse. Und da sah sie ihn. Zwischen Tisch und Mauer lag er auf dem Rücken, die Arme ausgebreitet wie ein Engel. An ein Handgelenk war eine Handschelle gekettet, ähnlich derjenigen von Marc und Remo Split. Dies hatte sie mit eigenen Augen beobachtet, genau wie Nils Steinmann, der nun hier am Boden lag.

Libby kniete sich ächzend neben ihn in den Schnee und sprach ihn an. »Hallo? Nils? Herr Steinmann? Antworten Sie bitte!«

Aber seine Augen waren gebrochen und die Züge erstarrt. Als sie ihn anfasste, am Hals, wo sie nach dem Puls fühlte, war die Haut eiskalt.

Sie richtete sich auf und pfiff. Weit entfernt ertönte ein Wiehern.

Libby stählte ihr Zwerchfell und öffnete den Mund. »Ruf die Ambulanz, Margot! Jetzt gleich. Aber bleibe vorn.«

Dann wandte sie sich wieder Nils zu. Er wirkte erbärmlich und tat Libby leid. Dennoch kontrollierte sie kurz, ob er das Collier irgendwie in den Fingern hatte. Hatte er nicht.

Sie blickte nach oben. Das Geräusch kam von einem offenen Fensterflügel, der innen an den Rahmen knallte. Die Parallele zu Tiffys Tod war unübersehbar. Jemand musste Nils aus dem Fenster gestoßen haben.

Das Gefühl einer Inszenierung verstärkte sich um ein Vielfaches. Die Frage war, wer ein Motiv dafür hatte. Nils kam nicht mehr infrage. Marc war ein Spieler, der gewinnen wollte. Remo könnte einen alten Groll hegen, Adrien von Rache getrieben sein. Was die Person in der Fromagerie motivierte, war unklar. Aber alle könnten in der Nacht hier gewesen sein.

17

In eine Decke eingewickelt saß Libby im Fond eines grauen Dienstwagens, eingeschlossen. Nachdem sie kurz befragt worden war, hatten die Bupos sie zum Warten verurteilt, Margot und die Pferde durften zurückfahren.

Libby konnte es verstehen, schließlich hatte sie recht behalten mit ihrer Warnung. Sogar das Blut an den Steinen hatte sich bewahrheitet. Wobei es schneebedeckte Steinplatten gewesen waren.

Es erfüllte Libby nicht mit Genugtuung. Ein Mensch hatte sein Leben lassen müssen, mit dem sie gerade noch gesprochen hatte. Er war ihr als Einzelgänger vorgekommen, der für seine Mission weit ging. Trotzdem hatte er ihr den Dienstbotenausgang verraten, was sie ihm hoch anrechnete. Später hatte er Marc Split abgepasst, was bewies, dass er von der Schmucklieferung gewusst hatte. Und nun war er tot.

Das Fenster war beschlagen, sie wischte es mit einem Handschuh sauber. Der Lange empfing nach dem Notarzt ein Team von Technikern, Libby vermutete die Spurensicherung. Auch die Dorfpolizei kam angefahren. Es war das erste klar erkennbare Polizeiauto, mit zwei blau Uniformierten, die ausstiegen und sich mit den Technikern austauschten. Das ganze Rösslispiel war aufgeboten. Libby kannte den Ausdruck von Polizist Meier aus Zürich, der ihr ab und an behilflich war, wenn sich, wie jetzt, kriminelle Energie in ihr Leben schlich.

Nun parkte eine Limousine direkt vor dem breiten Garagentor. Libby hatte dieses Fahrzeug am Vortag in der unterirdischen Halle des Alpina gesehen. Es gehörte Marc Split. Wie Libby trug er bereits Abendkleidung, einen Frack, der ihn ausgezeichnet kleidete. Er trat zu den Bupos und wurde auf Stand gebracht. Während er sich alles anhörte, strich er sich ab und zu über seinen Dreitagebart und warf manchmal etwas ein. Dabei zeigte er keine Regung, sofort hinters Haus zu laufen, um nachzusehen. Auch wirkte er nicht, als ob er unter Schock stünde.

Zu gern hätte Libby seine Antworten gehört. Vielleicht konnte sie das Fenster öffnen. Doch es gab keinen Fensterdreher, das Auto war zu modern.

Libby versuchte sich vorzustellen, was Noah jetzt tun würde. Ihr Blick fiel auf eine Vorrichtung zwischen den beiden Sitzen. Sie drückte auf eine Schaltfläche, und das vordere Fenster glitt nach unten.

»In dem eingebauten Tresor im Diane war nur eine Kopie. Und die ist weg«, sagte Marc Split gerade. »Das echte Collier war in einem mobilen Safe und nicht hier, zum Glück. Das habe ich erst gestern entschieden. Niemand wusste etwas davon. Wir arbeiten immer mit einem dreifachen Sicherheitssystem. Der Typ hat umsonst sein Leben riskiert. Kann ich ihn sehen?«

Der lange Bupo nickte, und sie stapften über einen im Schnee markierten Bereich nach hinten.

Die Vordertür des Autos ging auf, und der Kurze ließ sich auf den Sitz plumpsen.

Er schnaufte einige Male, drehte sich um und blickte Libby an. »Frau Andersch, danke fürs Warten.« Er holte ein Notizbuch aus seiner Brusttasche. »Dann wollen wir noch mal. – Sie sind also mit Margot unterwegs gewesen.«

Brav beschrieb Libby die Vorkommnisse, wie sie das bereits vor einer Stunde getan hatte. Als sie fertig war, hängte sie ihre Schlussfolgerung an.

»Ich denke, Nils Steinmann hat sich dem Krimiklub angeschlossen, weil er dadurch eine Möglichkeit sah, ins Esmeralda zu kommen. Das Chalet ist ja im Privatbesitz und nicht öffentlich. Indem er da fotografierte, hat er sich entscheidende Erkenntnisse für sein späteres Eindringen ins Diane geholt.«

Der Kurze, dessen Position sichtlich unbequem war, wirkte irritiert. »Das haben Sie eben in der Erstbefragung nicht erwähnt.«

»Hätten Sie mich ausreden lassen …«

Das nahm er so zur Kenntnis. »Hat sich Steinmann dazu geäußert, dass Sie so sicher sind?«

Libby erklärte, dass ihr die Nähe zum Esmeralda eben erst bewusst geworden war. »Nachdem es vermutlich derselbe Architekt ist, wie ich Ihnen bereits sagte.«

»Das haben wir in der Zwischenzeit abgeklärt. Der Architekt vom Esmeralda ist zwar längst tot, die Pläne wurden von den Kronenberg-Architekten jedoch tatsächlich wiederverwendet. Ein eingebauter Tresor gehört zur Grundausstattung bei beiden Chalets.«

Von der Schnapsdrossel zur Hinweisgeberin … Libby unterdrückte die Bemerkung. Sie wollte einfach möglichst bald freikommen, um im Palace nach Noah zu sehen.

»Und wo ist das Collier? Es müsste doch bei Nils sein.«

»Irgendwo im Schnee oder im Haus. Wir werden es finden.«

»Sie sollten Marc Split fragen, wer alles von dem ursprünglichen Plan wusste, eine Kopie des Schmucks hier im Tresor einzuschließen. Und nicht im Alpina, wo die Kronjuwelen gestern Abend angekommen sind. In diesem Personenkreis könnte auch Nils' Angreifer zu finden sein.«

»Was für ein Angreifer?« Der Kurze schüttelte konsterniert den Kopf. »Steinmann ist bei einem versuchten Juwelenraub aus dem Fenster gefallen. Im Hausinnern haben wir den geknackten Tresor vorgefunden.«

Libby fand das eine falsche Auslegung der Gegebenheiten. Natürlich gab es einen Angreifer, die Person aus dem Bunker. Aber die musste sie selbst entlarven. Würde sie die Fromagerie auch nur erwähnen, bekäme Tonino ein Problem und sie würde sich im Zug wiederfinden, oder schlimmer. Nein, sie würde dem Kleinen einen anderen Hinweis geben.

Er klappte sein Notizbuch zu. »Wollen Sie noch etwas anfügen?«

»Möglicherweise kannte Marc Split Nils Steinmann im Zusammenhang mit seinem verstorbenen Bruder Tiffy.«

Einundzwanzig, zweiundzwanzig …

Der Kleine schoss hoch, verließ das Auto, und auch Libby stieg aus. Mittlerweile wimmelte es auf dem Vorplatz von Menschen. Niemand beachtete sie, als sie auf dem Stück Niemandsland beim Eingang den Neuschnee beiseitewischte.

Sie fand tatsächlich zwei flache Plastikbeutel mit Katzenfutter. Laras Katze fiel ihr ein, Velours mit dem geschmeidigen Gang, und Nina Kandinskys Gartendünger. Sie verstaute die Beutel in ihrer Handtasche. Als sie sah, dass Marc Split hinter ihr aus dem Garten kommend auf sein Auto zuging, fragte sie ihn, ob er sie mitnähme. Er hatte nichts dagegen. Libby stieg ein, und er fuhr behutsam los. Gleich darauf bat er sie um Stillschweigen wegen der Sache im Diane.

»Auch gegenüber den anderen im Krimiklub.« Offenbar war er von den Bupos über Libbys Hintergrund informiert worden. »Die Umstände um Nils Steinmanns Tod, so tragisch sie sind, hat er sich selbst zuzuschreiben«, sagte er mit seinem Berner Oberländer Dialekt und klang dabei wie der Kurze. »Ich habe ihn übrigens nicht gekannt, die Bundespolizei hat da einen falschen Hinweis bekommen.«

An seinem zurückgehenden Haaransatz glänzten Schweißtropfen.

Auf die Frage, warum er kein ChalSec bei sich installiert hatte, schnaubte er wie Margots Pferde. »Ich halte Remos Einrichtungen für veraltet.«

Sein eigenes System arbeite mit AI, Bild und Audiosensoren, Gesichtserkennung und Algorithmen.

»Sie brauchen also keine Kameras?«, fragte Libby.

»Die sind in Gegenständen verborgen. Nicht mehr sichtbar mit bloßem Auge.«

Also war alles gefilmt worden. Libby drückte ihre Handtasche mit den Beuteln an sich. Es könnten Beweismittel sein, die Bupos würden keine Freude haben.

»Haben sie funktioniert?«

»Aus irgendeinem Grund waren sie offline.«

Libby atmete auf.

»Und der Tresor …?«

»… wurde gesprengt. Allerdings war da nur die Kopie des Colliers drin.«

»Und wo ist das Original?«

Marc deutete mit dem Kinn auf die Rückbank.

Auf dem Sitz lag der flache Kasten, den er am Vorabend unter dem Arm aus dem Alpina hinausgetragen hatte. Libby verspürte schon wieder einen Schauder. Unterwegs mit den Kronjuwelen …

»Wussten Sie von dem geplanten Überfall? Dass Sie ein solches Ablenkungsmanöver veranstaltet haben? Inklusive Margot, die mit der geheimen Fuhre eine weitere falsche Fährte legen sollte?«

Ein Schulterzucken. Mehr an Reaktion gab es nicht.

»Wer hat die Kopie erstellt? Sie?«

»Mein Vater. Hannes Spychiger, der beste Juwelenkopist der Welt, besser als jeder 3D-Drucker. Mit ihm ist die Tradition ausgestorben. Ich konnte ihm nie das Wasser reichen.«

»Wieso weiß das niemand? Dass Ihr Vater Kopist war und nicht Sie.«

»Ein Familiengeheimnis. Wir Söhne haben es für uns behalten.«

Es berührte Libby, dies zu hören, es sprach von Zusammenhalt, trotz aller Differenzen.

»Einige seiner Kopien sind übrigens bis heute im Umlauf.«

Libby blickte noch mal nach hinten zu dem kleinen

Kasten. Das ganze Brimborium, und dann war das Collier keine zwei Armlängen von ihr entfernt.

»Und wo lag es in der Nacht? In einem Safe in der Wand?«

Marc fuhr schneller. »Sie sind gut informiert. Das ist mir schon bei der Wallis-Simpson-Geschichte aufgefallen.« Er schlitterte ein wenig, dann wurde er wieder langsamer. Bis er schließlich zum Stehen kam und Libby fixierte. »Was wollen Sie eigentlich?«

Sie überlegte, ihm von dem mitgehörten Telefonanruf in der Fromagerie zu erzählen. Immer noch hatte sie jedes Wort im Ohr: *»Victoria ist angekommen. Acht Kameras. Tonnenweise Security. Vor dem Haus, im Haus. – Die musst du austricksen. – Nur, wo setzt du an? Und lohnt es sich? – Es könnte auch eine Kopie sein. Eine Kopie, got it?«*

Was wäre aber, wenn es Marc gewesen war, weil er einen Versicherungsbetrug plante und mit dem Anruf einen »Konkurrenten« hinters Licht geführt hatte? Begabt genug war er, um einen Akzent zu imitieren.

»Frau Andersch?«

Libby reagierte nicht auf seinen anschuldigenden Tonfall. »Mich interessiert Nils Steinmanns Motiv. Er war ein Kollege im Krimiklub, und sein Tod geht mir nahe. Darum hätte ich weitere Fragen an Sie. Darf ich sie stellen?«

»Sie schnüffeln doch nur herum.«

»Meine Absichten sind ernsthaft. Es gibt einen Zeitungsartikel über mich, im *Walliser Boten*. Sie können ihn, wie heißt das noch mal, googeln. Das ist wie ein Leumundszeugnis.«

Dass er schließlich nachgab, war wohl vor allem auf die Herablassung von Männern in besten Jahren gegenüber Frauen jenseits der siebzig zurückzuführen. Libby machte sich da keine Illusionen.

»Also gut. Dann fragen Sie mal.«

»Warum hängt bei Ihnen in der Villa ein originaler Kandinsky?«

»Warum nicht? Mein Vater hat das Bild zu einem Freundschaftspreis erhalten. Anfang der Achtziger, kurz vor Ninas Tod.«

»Sie haben erzählt, dass Sie damals etwa sechs waren. Und Tiffy? War er schon auf der Welt?«

»Er war ein Nachzügler. Bei seinem Tod war er keine vierzig.«

»Und Ihre Mutter?«

»Sie verschwand nach seiner Geburt. Nie mehr aufgetaucht. Sie war ein Fägnäscht. Das Berner Oberland war nicht ihre Sache, genau wie bei mir.«

Libby stellte sich den kleinen Tiffy vor: der eine Bruder ausgezogen, der andere ein Knorz, die Mutter weg, der Vater Tag und Nacht im Laden an der Promenade.

»Ein armer Kerl, Ihr kleiner Bruder.«

»Vielleicht.«

Er wischte sich über die Augen. Obwohl sich Libby vorstellen konnte, dass Nils' Sturz Erinnerungen in ihm hervorgerufen hatte, wirkte es ein wenig aufgesetzt.

»Aus welchem Grund gehört das Diane Ihnen?«

»Der Besitz wurde verteilt. Remo bekam den Laden im Dorf und die Wohnung, ich das Diane und Tiffy das Grachtenhaus in Amsterdam. Er musste es aber verkaufen, als die Geschäfte nicht gut liefen. Danach blieb ihm nur eine winzige Einliegerwohnung. Sie gehört seiner Tochter.«

Das Kind, das Margot erwähnt hatte. »Und die Mutter? Tiffys Frau?«

»Die war schon früh weg.«

»Also hat sich die Geschichte wiederholt.«

Statt einer Antwort fuhr Marc wieder an.

»Entschuldigung, wenn ich Ihnen zu nahetrete. Ist die Tochter Waise? So alt kann sie nicht sein.«

Er konzentrierte sich aufs Fahren, die Augen in den wirbelnden Schnee gerichtet. »Sie ist selbstständig. Aber wenn sie mich braucht, bin ich für sie da.«

»Sie sind in Kontakt?«

»Ich ... ich habe keine eigenen Kinder. Ich ...«

Marc Split kam nicht dazu, den Satz zu beenden, weil er die Kontrolle über den Wagen verlor, sie rutschten auf den Abhang zu. Als sie wieder Boden unter den Rädern hatten, kam das Palace in Sicht. Marc sagte keinen Ton mehr. Bloß seine Finger umklammerten das Lenkrad. Libby konnte ihn noch nicht in Ruhe lassen.

»Eine letzte Frage. Ich weiß, dass Tiffy ein Juwelendieb war. Hat damit sozusagen Familiengeheimnisse zu seinem Vorteil genutzt?«

Die Schweißtropfen auf Marcs Stirn waren mehr geworden.

»Das liegt ja auf der Hand. – Außerdem war er Kletterer. Er überwand fast jede Höhe, die vier Stockwerke des Grachtenhauses wären eigentlich ein Klacks für ihn gewesen. In der Wohnung fanden wir damals eine Bergsteigerausrüstung. Und eine Karte aller wichtigen Juwelenläden, mit Notausgängen und Geheimzugängen, weltweit.«

Bei Margot hatte es sich angehört, als hätte Tiffy nur einen einzigen Einbruch gemacht, der schiefgelaufen war. »Ist er sonst denn erfolgreich gewesen? Als Einbrecher?« Es klang so, als ob sich Libby nach einer normalen Karriere erkundigte.

»Die Karte war nicht von ihm. Er hat sie erbeutet. Erfolgreich war er zweimal, einmal in Amsterdam, einmal in Nizza. Den Schmuck hat er auf dem illegalen Markt verkauft.«

»Und trotzdem war er arm.«

»Den Erlös hat er verschenkt. An irgendwelche Kinderhilfswerke.«

»Ein Robin Hood?«, sagte Libby erstaunt.

»Ein Idiot.« Marc schüttelte den Kopf. »Ich glaube, dass er die Victoria-Kollektion damals nur stehlen wollte, um Velours auszutricksen.«

»Von dem habe ich schon gehört.«

»Einer der Erfolgreichsten.«

»Seit dem Tod Ihres Bruders ist es aber auch still geworden um ihn. Ein Zufall? Was lief zwischen den beiden?«

Libby beobachtete Marcs Reaktion ganz genau. Dass er gar keine Regung zeigte, war bemerkenswert.

»Kennen Sie seinen richtigen Namen?«

Er blieb stumm.

»Ist er hier, dieser Velours? Will er endlich das Collier?«

»Ich denke nicht.«

Die Antwort wirkte so vage und unentschieden, dass Libby vom Gegenteil überzeugt war. Das Telefonat in der Fromagerie würde unter diesem Aspekt auch Sinn ergeben. *An den Steinen klebt Blut.* Wer, wenn nicht der ausgetrickste Meisterdieb, würde das wissen?

Sie fuhren über die matschige Hoteleinfahrt und stoppten in einer Schlange. Die Angestellten hielten Schirme über die ankommenden Gäste und halfen ihnen beim Aussteigen.

Marc Split langte nach hinten zur Rückbank und ergriff den kleinen Safe. »Die Kopie aus der Ausstellung im Hotel wurde übrigens am Nachmittag zur Gattin des Premierministers hochgebracht. Gleich werde ich sie mit dem Original vertauschen.«

»Die maximale Verwirrung«, sagte Libby.

Er stellte den Motor ab. Aus seiner Brusttasche holte er ein Taschentuch und wischte sich über die Stirn.

Oben auf der Treppe trat die schöne Sicherheitschefin aus dem Alpina im lindgrünen Schlauchkleid aus der Tür.

»Sie werden erwartet«, sagte Libby.

Er lächelte angespannt.

»Gibt es eigentlich nur eine Kopie?« Libby raffte ihr am Saum durchnässtes Abendkleid und machte sich ans Aussteigen. »Es ist nicht zufälligerweise eine zweite in dem mobilen Safe?«

»Sie sind wirklich nicht schlecht«, sagte Marc und öffnete die Tür an seiner Seite. »Mein Vater hat zwei hergestellt, einfach um sicher zu sein. Unsere Familie hatte schon immer ein besonderes Verhältnis zur Sicherheit. Die zweite müsste bei Nils Steinmann sein. Im Safe unter dem Kandinsky war sie auf jeden Fall nicht mehr. Der war leer.«

18

Das ist signifikant, dachte Libby, als sie die Rezeption betrat. Die eine Kopie bei der Gattin im Hotelzimmer, die andere verschollen und das Original in der schmalen Schachtel, mit der Marc Split eben verschwunden war.

Die Rezeption war voller Menschen. Hatten sich hier gestern Abend die Politiker in Debattierlaune für ihre geheime Konferenz gebracht, so stauten sich nun die Gäste für den Ball. Eine Robe war eleganter als die andere, Silber, Gold und Blau beherrschten die Farbenpalette, Seide, Samt und Tweed die Stoffe. So britisch wie möglich, aber ohne steife Oberlippe. Libby entledigte sich ihres Schals und des Capes bei Lara, die an der Garderobe Dienst hatte.

»Der Krimiklub ist beim Aperitif. Sie erwarten Sie schon.«

Aber Libby ließ die Kollegen links liegen. Sie hätten nach Nils gefragt, und sie hätte ihnen die traurige Nachricht überbringen und die Stimmung zerstören müssen. Das konnte bis später warten.

»Einen Wodka, bitte«, bestellte sie an der Lobbybar.

Mit einem Zug war er unten, und Libby spürte den Alkohol bis in die Zehenspitzen.

»Tante Andersch, da bist du ja.«

Noah sah im geliehenen Anzug wie ein Mini-Lord aus. »Gleich geht's los im Ballsaal.«

Libby fuhr ihm ganz leicht durchs Haar, froh darüber, dass er unversehrt und so guter Dinge war. »Wart ihr noch lange Schlittschuhlaufen? Hast du was gegessen?«

»Einen Teller Roastbeef mit Süßkartoffeln und Bohnen. Echt *divine*.«

Libby konnte nicht umhin, zu schmunzeln. »Das sollten wir Iris nicht sagen.«

»Sie weiß es. Die Mama der Kinder hat mit ihr gesprochen. Die ist auch voll veggi. Aber sie findet, wir sollen selbst wählen.«

»Ist sie hier?«

»Die ziehen sich noch um. Sie muss ihr Blingbling montieren.«

Eine Stimme verkündete, dass der Saal gleich geöffnet würde.

Noah packte Libbys Hand. »Komm, Tante Andersch, sonst gehst du mir verloren.«

Fürsorglich lotste er sie durch die Menge. Sie war froh, weil ihre Beine ein wenig zitterten. Der Schock war nicht spurlos an ihr vorbeigegangen.

»Noah, wo könnte es was zu essen geben?«

»Ich hole dir was. Bleib stehen.«

Libby lehnte sich seitlich an die Wand. Sie erblickte Marc Split, bereits zurück von der königlichen Juwelenlieferung. Er wurde begleitet von Remo und der Sicherheitschefin. Dann Sämu Spychiger und Margot. Sie hatte sich in eine Robe geworfen und eine Federboa umgeschlungen. Als sie Libbys ansichtig wurde, winkte sie wie verrückt, auch sie schien den Todesfall für einen Moment beiseitezuschieben.

Noah brachte etwas Eingewickeltes, das Libby in die

Tasche steckte. Beim Eingang zum Baccarat-Saal musste man den QR-Code herzeigen.

Es funktionierte nicht, aber der Securitas kannte Libby. »Sie sind doch die vom Krimiklub? Sie dürfen rein.«

Nun kamen sie in die Ausstellung. Im Kamin prasselte ein Feuer. Die Läden standen immer noch weit offen, man sah in der Nacht die Lichter vom Hang gegenüber und von unten im Dorf, dazu der funkelnde Schmuck in den Vitrinen.

Vor der Schiebetür hatte sich eine Schlange gebildet. Ganz vorn stand der konservative Jungschnösel-Politiker vom Vorabend. Er wurde von einer Frau begleitet, während der Journalist, der Kollege von Nils, etwas abseits stand.

Er wirkte auf jeden Fall besorgt. Genauso wie der Bundesrat. Vermutlich hatte er dem Premier nicht abgerungen, was er gern gehabt hätte. Außerdem war sein Frack zu lang. Bestimmt war er ausgeliehen, so wie das Kleid seiner Ehefrau auch. Die sah aus wie ein Schulmädchen, das sich im Kleiderbügel geirrt hatte. Die britische Delegation war um Meilen eleganter, dafür ein wenig steif, entsprechend ihrem eigenen Klischee. Man war sich nicht wirklich nähergekommen, das sagte die Körpersprache beider Parteien.

Schade, dachte Libby. Vielleicht würde die Musik ja zur Verständigung beitragen. István Toths Programm hatte in der Probe vielversprechend geklungen.

Nun wurde die Schiebetür von Tonino in bester Butlermanier aufgezogen. Als Libby an ihm vorbeiging, zwinkerte er ihr zu. »Wir dürfen in den Pausen tanzen. Sie sind gebucht, Frau Andersch.«

Libby kannte den dekorierten Saal ja bereits. Doch nun, da das Licht von unzähligen Kerzen dazukam, war er umwerfend. Warm und einladend und trotz der vielen Leute nicht überfüllt.

»Ich geh zu meinen Freunden«, sagte Noah.

Die Premierskinder lümmelten in Bühnennähe herum und gaben ihm ein High Five.

Während die Gäste weiter hereinströmten, suchte Libby einen Stuhl, verspeiste ihr Brot und trank ein Glas Wasser.

Erwartung lag in der Luft. Es war ein Gemisch aus Vorfreude auf das Premierspaar und natürlich auf das Collier, das bis vor wenigen Stunden noch auf dem Seidenkissen gelegen hatte. Wann bekam man im Leben schon mal echte Kronjuwelen auf Haut zu sehen?

Kellner glitten zwischen den Gästen hindurch, servierten Champagner in Kristallgläsern und baten die Leute, das polierte Parkett in der Mitte für den ersten Tanz freizuhalten.

Auf der Bühne oben tat sich etwas, István Toth war hereingekommen. Auch er war im Frack, das Haar hatte er feucht nach hinten gekämmt. Britta von Allmen half seinen Mitmusikern, die richtige Position zu finden. Bassist Adrien war unter ihnen, seine Haartolle saß perfekt. Im Scheinwerfer sah sein Teint mehr als gesund aus, er versprühte öligen Charme, zwischen ihm und István war keine Verstimmung zu spüren. Andererseits waren sie Profis, sie mussten so etwas in der Öffentlichkeit vertuschen.

Adrien, Remo, Marc, nun waren alle hier. Libby spürte, wie ihre Anspannung wieder stieg. Gleich würde es losgehen.

Zuerst trat der Hoteldirektor ans Mikrofon. Er begrüßte die Anwesenden auf Berndeutsch und Englisch. Seine Ansprache war kurz und markig.

»Wir haben bei Petrus im Himmel den Schnee bestellt, bei unserem hiesigen Winzer den Wein, den Champagner in Lausanne, die Musik in Ungarn, die gute Laune im schönen Saanenland, und der Adel, die Krönung sozusagen …«, er hob sein Glas, »… kommt von unseren Freunden aus dem Vereinigten Königreich.«

Wie aufs Stichwort spielten die Istváns Harmonists die britische Nationalhymne. Libbys Mutter hatte sie auswendig gekonnt, und immer wenn sie mit der kleinen Libby im Fernsehen ein Fußballmatch angeschaut hatte, hatte sie den Text mitgesungen.

Die Musik ging in einen Tusch über. Das Premierspaar tauchte aus dem Nichts auf und trat zum Hoteldirektor. Aus den Augenwinkeln bemerkte Libby, dass die Bupos, Securitas und Leibwächter wie Nesseln aus der Menge hervorschossen – die Sicherheit war vollzählig versammelt.

Die beiden auf der Bühne hielten sich an den Händen und genossen den Applaus. Im Frack hatte der Premierminister etwas wahrhaft Königliches, und seine Gattin war die würdigste Begleiterin, die man sich vorstellen konnte. Ihr Kleid war elegant und von einem dunklen Rot, das Blau ihrer Stola passte zu seiner Krawatte, und alles zusammen ergab die Farben der britischen und der Schweizer Flagge. Sie lächelten sich an, bevor er ans Mikrofon trat. Seine Rede war eloquent, er pries erst seine Heimat, dann die Schweiz, die geplante Zusammenarbeit in Sicherheitsfragen erwähnte er nur am Rand.

»Noch sind wir nicht da, wo wir hinwollen. Aber wir sind auf dem Weg.« Tosender Applaus. Er lächelte. »Auf eine bessere Zukunft!«

Die beiden Kinder, in der Nähe ein Leibwächter, standen ganz nah am Bühnenrand und winkten ihrem Vater zu.

Libby beobachtete Noah, dem der Mund offen stand. Es dämmerte ihm wohl erst jetzt, in was er da hineingeraten war.

Erneut hob István Toth den Bogen, und die ersten Takte eines Wiener Walzers ertönten. Der Premier verneigte sich und bat seine Liebste zum Tanz. Sie ließ die Stola von den Schultern gleiten. Als István und seine Musiker loslegten, setzte sich auch das Paar in Bewegung. Libby glaubte, das Rauschen des Stoffes zu hören, die Seide, die sich bei der ersten Drehung in die Luft hob.

Als man die beiden von vorn sah, ging ein kollektiver Atemzug durch die Menge von sechshundert Gästen. Die Zeit stand still. Denn die Gattin trug kein Collier, sondern eine Halskette aus Federn und Steinen und – wenn Libby sich nicht täuschte – aus verschrumpelten Tannzapfen.

19

Die Aufregung hatte sich gelegt, die Enttäuschung über den »falschen« Schmuck wurde weniger. Nach dem dritten Tanz war die Stimmung bereits wieder sehr aufgeräumt und lockerer als am Anfang. Marc und Remo gingen gerade durch die Schiebetür nach draußen, den spielenden Adrien im kleidsamen Smoking hatte Libby jedoch voll in ihrem Blickfeld.

Der Premierminister holte sich an der Bar ein Bier und genoss es sichtlich. Die Gattin hingegen kam zu Libby, kaum hatte sie sie erspäht, und setzte sich aufatmend auf den Stuhl daneben.

»Sie haben also die Kronjuwelen verschmäht«, sagte Libby nach einer Weile.

Die Gattin berührte einen der Tannzapfen. »Das haben mir die Kinder gebastelt. Ist es nicht süß? Noah hat mitgeholfen.«

»Noch schöner ist, dass Sie alle hinters Licht geführt haben. Ich nehme an, die Juweliersfront ist nicht erfreut.«

»Mein Mann hat mir kurz vor dem Ball erzählt, dass jemand deswegen gestorben ist. Ein Enthüllungsjournalist, hat man uns gesagt, die hiesige Dorfpolizei hatte bereits entsprechende Informationen. Danach war mir nicht mehr nach Juwelen.«

Also hatte Libby mit ihrer Vermutung recht gehabt,

mehr noch, sie hatte dafür gesorgt, dass die Dorfpolizei einen Punkt für sich verbuchen konnte.

Nun sind es noch drei, dachte sie. Marc, der mit dem Original-Collier ziemlich eigenmächtig umgegangen war, Remo, der stille Schweiger, und Adrien, der ihn verprügelt hatte. Im Geist sah Libby dieses Beziehungsdreieck vor sich. Wer wusste was, wer arbeitete mit wem, und wer ging allein vor? Noch fehlten ihr einige Informationen.

In dem Moment ging der Walzer in einen Achtziger-Jahre-Synthesizer-Rhythmus über. Es war der Hit von Madonna, István hatte sich gegen Adrien durchgesetzt. Das erfüllte Libby mit Freude.

Immer mehr Leute wippten mit, viele von ihnen in ihren Sechzigern. Der Premier steppte herbei, er war nun hemdsärmelig und ohne Krawatte.

»Darf ich bitten, mein Schatz?« Und: »Verzeihen Sie«, zu Libby.

Die beiden drehten eine animierte Runde, die Stimmung wurde ausgelassen. Libby sah Noah, der mit dem Premiersmädchen einen Rock 'n' Roll hinlegte.

»Wieso kannst du das?«, fragte sie ihn, als er vorbeitanzte. »Ein YouTube-Tutorial?«

Da wurde auch Libby an die Hand genommen. Es war Tonino. Wie im Grand Hotel Matterhorn glitten sie zusammen dahin.

Wäre ich zwanzig Jahre jünger …, dachte Libby. Wobei sie nicht Tonino vor Augen hatte, sondern jemand anderen.

»Ich habe von dem toten Journalisten gehört«, sagte Tonino kurz vor Schluss des Liedes. »Eigenverschulden soll es gewesen sein.«

Libby blieb stehen. »Ich denke, Nils ist für die Berichterstattung ein Risiko eingegangen. Der arme Kerl hat sich buchstäblich zu weit vorgewagt. Aber damit ist die Sache noch nicht gegessen.« Sie beugte sich vor und flüsterte Tonino eine Kurzversion ihrer Erkenntnisse ins Ohr.

»Wirklich? Sie müssen zur Bundespolizei und es denen sagen.«

Libby winkte ab. »Die würden mich sofort abschieben. Und Sie übrigens auch, dass wir in der Fromagerie waren, ist ein Problem.«

Tonino erbleichte.

»Aber mit etwas Glück kommt das nie heraus.« Sie hielt ihm die Hand hin. »Ich finde, wir sollten uns endlich duzen.«

Er nahm die Hand und schüttelte sie. »In Ordnung. Tonino.«

»Elisabeth. Aber du darfst mich Libby nennen.«

Er grinste, den Schock hatte er bereits wieder verdaut. »Dann gebe ich mal Margot Bescheid. Dass du bald eine Kutschfahrt brauchst.«

Sie nickte. »In etwa einer Stunde, hoffe ich.«

Er winkte ihr zu und verschwand.

Nun musste sie mit István sprechen. Eine Weile sah sie den Tanzenden zu. Als das Orchester eine kurze Pause einlegte, stellte sie sich zu ihm an die Bar.

»Madame Andersch.« István deutete einen Handkuss an.

Plötzlich tauchte Adrien auf. Er übersah Libby und wandte sich an István. Einige gemurmelte Sätze schloss er mit: »Sei kein Arschloch!«

Dann ging er zu den anderen auf die Bühne zurück.

»Dieser … Hund!« István verlor für einen Moment seine Contenance, er knirschte mit den Zähnen.

»Was ist denn los?«

Libby erfuhr, dass Adrien sein Engagement per sofort aufgelöst hatte. Da sie nur eine mündliche Vereinbarung hatten, würde Wort gegen Wort stehen.

Das erfüllte sie mit einem Schreck. Wenn Adrien verschwand, hatte sie ein Problem. »Und?«

»Ich lasse ihn ziehen. Aber heute Abend muss er noch fertig spielen. Sonst zeige ich ihn an.«

Immerhin, fand Libby, es verschaffte ihr noch etwas Zeit. Zusammen sahen sie zu, wie die fünf Musiker ihre Instrumente ergriffen.

»Wieso ist eigentlich euer alter Bassist nicht mehr gekommen, István?«

Ein Schatten legte sich über sein Gesicht. »Das war eine schreckliche Tragödie. Ich könnte jeden Tag heulen.«

»Mögen Sie es mir erzählen?«

Die Antwort entsprach Libbys Erwartungen, und doch ließ sie ihr die Haare zu Berge stehen. Es war an der Zeit, mit den Split-Brüdern zu sprechen.

***

Nach einem Hinweis von Britta von Allmen betrat sie den abgedunkelten Salle Bridge und nutzte die Deckung eines Ständers mit Ausstellungsprospekten. Die Brüder standen vor der Leinwand, wo Marc seinen Vortrag gehalten hatte, und stritten sich so laut, dass Libby jedes Wort verstand.

»Wie oft soll ich dir noch sagen, dass im Tresor eine Kopie war. Das Original ist oben im achten Stock«, zischte Marc.

»Aber wieso war die Kopie bei dir?«, fragte Remo.

»Hat mir Papa gegeben.«

»Und was hatte ich hier in der Ausstellung?«

»Es gab zwei Kopien von Papa, das hast du verdrängt. So wie du immer verdrängst, wenn dir etwas nicht passt.«

Remo entwich ein Laut. Libby schaute hinter dem Ständer hervor. Remo umklammerte seinen Bruder und würgte ihn. Marc wehrte sich, kam jedoch gegen Remos schiere Urkraft kaum an.

»Du holst das Original aus dem Zimmer«, sagte Remo.

»Das wäre Hausfriedensbruch«, keuchte Marc. »Ich hole es ab, wenn das Ministerpaar nach oben geht. Und jetzt muss ich zurück in den Saal.«

Remo ließ Marc los. Der rannte an Libby vorbei hinaus.

Remo blieb noch einen Moment stehen und pumpte Luft wie ein Stier, dann ging er ebenfalls. Libby ließ sich auf einen der Stühle sinken und holte ihr Strickzeug hervor. Noch einige wenige Nadeln würde sie abstricken müssen, dann wäre auch diese Mütze fertig.

Noch einmal ließ sie sich alles durch den Kopf gehen. Nils war ein Kollateralschaden, er war einfach zur falschen Zeit am falschen Ort gewesen, ein Helfershelfer ohne Absicht. Genauso wie Istváns ehemaliger Bassist, der in einer Abfalltonne in der Nähe von Lyon erstickt war, was ihr István eben erzählt hatte. Libby war überzeugt, dass es kein natürlicher Tod gewesen war, wie die Lyoner Behörden offiziell festgestellt hatten.

Wer würde so weit gehen, um an ein Perlencollier zu kommen?

Marc Split? Der erfolgreiche Juwelier, der log, wenn es ihm gerade passte? Oder Remo, der Bulle mit dem traurigen Herz und dem Gewaltproblem? War einer von ihnen vielleicht Velours, der Meisterdieb, der den Traum der Victoria-Kollektion nie aufgegeben und acht Jahre auf eine Gelegenheit gewartet hatte? Oder war es Adrien, der Schönling, der nicht gemerkt hatte, dass die alten Zeiten vorbei waren?

Libbys Nadeln klapperten immer schneller. Und dann hatte sie die Antwort auf alle Fragen. Es war kein Dreieck. Da hatte sie sich getäuscht. Sie steckte das Strickzeug in die Tasche, die letzten Maschen würde sie sich für den Schluss aufheben. Dann erhob sie sich und ging hinaus in die Lobbybar.

Ungerührt von all den Dramen saß das lesende Mädchen im Sessel und klappte sein Buch zu, über das ganze Gesicht strahlend.

»Ein glückliches Ende«, sagte sie zu Libby. »Das ist doch das Allerbeste.«

In dem Moment kam Noah zusammen mit den Premierskindern angerannt. Sie würden ins Apartment hochgehen, um sich einen Film anzuschauen, ihre Mutter sei bereits dort.

»Darf ich auch?«

»Einverstanden. Wenn du im Internetz nachschauen kannst, was du über einen Juwelendieb namens Velours findest.«

Noah liebte solche Aufträge. »*Consider it done*, Tante Andersch.«

Sie jagten davon.

Libby bevorzugte den Lift. Da gab es eine Schlange von müden Gästen, die in ihre Zimmer wollten. Sie musste einige Minuten warten, bis sie einsteigen konnte. Der Leibwächter kannte sie bereits.

»Ihr Ziehenkel gehört ja fast schon zur Familie. – Da oben braut sich übrigens was zusammen, Mrs. Andersch.«

20

Wo sind die verdammten Juwelen?« Marc Split hatte so laut geschrien, dass man es bis auf den Flur hören konnte.

Als Libby eintrat, stand er vor dem geöffneten und leeren Mini-Safe, neben ihm die Premiersgattin. Sie war frisch umgezogen im Trainingsanzug und hatte ihre Arme um ihre beiden Kinder und Noah gelegt.

»Wir wollten nur damit spielen«, sagte Noah. »'tschuldigung.«

»Mit dem Original-Collier?«, fragte Libby und trat einen Schritt vor.

Als Marc Libbys ansichtig wurde, hob er zu einer Schimpfkanonade an, aber die Gattin unterbrach ihn. »Mäßigen Sie sich. Sie ist eine Freundin.«

»Was ist denn passiert?«, fragte Libby.

»Die Kinder haben meinen Mini-Safe geknackt«, erklärte Marc Split.

»Mit einem Flaschenöffner aus der Küche. Ich habe ein YouTube-Tutorial angeschaut.«

Noah wirkte zerknirscht. Die anderen beiden auch.

»Ein guter Test.« Libby schmunzelte ein wenig, trotz der Anspannung. »Den Safe müssen Sie noch mal überprüfen.«

Marc goutierte ihren Humor nicht. Er wandte sich an die Kinder.

»Wo habt ihr das Collier versteckt?«

»Da war keines drin.«

»Doch. Ich habe es gestern persönlich eingepackt.«

Das Mädchen verneinte. *»Nope.«*

»Ihr lügt.«

Die Gattin brachte sich wieder ins Spiel. »Es tut mir sehr leid, Herr Split, die Kinder müssen ins Bett. Und sie lügen nicht.«

Marc Splits Hand zuckte nach vorn. Von der Tür her ließ sich ein doppeltes Räuspern vernehmen, es waren die beiden Leibwächter. Marc Split gab klein bei.

»Morgen will ich dieses Collier.«

Als er weg war, blickte Libby zur Premiersgattin. »Ich weiß nicht mal, ob es echt war«, sagte sie. »Es zirkulieren zwei Kopien.«

Die Gattin fasste an ihren Hals, wo immer noch die Feder-Tannzapfen-Kette hing. »Das ist ein Original. Und ich mag es sehr. Der Rest wird sich zeigen.«

Während sie mit ihren Kindern den Fernseher mit einer DVD bestückte und Popcorn in die Mikrowelle legte, zog Noah sein Handy hervor und googelte Velours.

»Der ist flex, Tante Andersch. Er hat mit Diebstählen in Warenhäusern angefangen. Aber es gab auch große Coups bei Juwelieren. Er wurde nie von den Polizisten gefasst, darum gibt es auch keine Fotos von ihm. Zweimal hat er sogar eine Signatur hinterlassen. Alle berühmten Juwelendiebe haben eine, steht da. – Was ist eine Signatur?«

»Sein Markenzeichen«, sagte Libby.

»Es war Katzenfutter.« Noah staunte. »Fast wie bei Nina Kandinsky die Düngerbeutel.«

Und da fiel bei Libby noch ein Puzzleteil an den richtigen Platz, wodurch alle anderen in Bewegung gebracht wurden und aus dem Viereck ein Fünfeck wurde. Nun musste sie nur noch wissen, wer welche Ecke belegte. Und einen Beweis dafür brauchte sie auch noch.

»Noah, kannst du mir dein Handy ausleihen? Und mir erklären, wie diese Kinder-Abhörsoftware funktioniert, von der du mir mal erzählt hast?«

Er bekam große Augen. »Aber …«

»Ist für eine gute Sache. Und du bekommst es zurück. Versprochen.«

21

Die Kutsche fuhr über die Promenade. Sie war menschenleer, alle waren entweder schon im Bett oder oben auf dem Ball.

Die Pferde zog es heim in den Stall, sie schritten zügig voran. Abgesehen vom leisen Fahrgeräusch der Räder auf dem Schnee und dem Klingeln der Glöcklein am Zaumzeug war es still. Davor hatte Libby Margot alles erklärt.

»Sollen wir nicht doch die Bupos rufen?«, fragte sie.

»Nachher.« Libby schüttelte den Kopf. »Sie halten mich für eine Schnapsdrossel. Dass ich mit Nils richtiglag, verstärkt ihr Misstrauen noch. Der Kurze hat mich eben gefragt, wann ich denn abreise, er würde mich zum Bahnhof bringen.«

Als sie sich dem Promenadenplatz näherten, steuerten die Pferde automatisch auf den Unterstand zu. Margot ließ den Stopplaut ertönen, stieg ab und kam zur anderen Seite, um Libby zu helfen.

»Hast du deine Polaroidkamera?«

Margot klopfte auf die Tasche ihres Umhangs. »Und du Noahs Handy?«

Libby nickte ebenfalls. »Wir müssen nur warten, ein Foto machen, und mit dem Beweis informierst du den Kurzen. Die wohnen nicht weit von hier.«

Die Bundespolizisten logierten im Hotel am Bahnhof, das hatte Libby in Erfahrung gebracht.

Ein letzter Blickwechsel, dann machte Margot die Pferde fest und leerte aus einem Kanister Wasser in die Tränke.

»Trinkt schnell, sonst gefriert es. Essen kommt gleich.« Ein paar Handgriffe, dann war die Krippe voll. »So. Die sind beschäftigt, wir können.«

Zusammen gingen sie über die zugeschneite Promenade bis zu Remo Splits Juweliergeschäft.

»Er ist noch nicht da«, flüsterte Margot, als sie bemerkte, dass es im Schnee vor dem Laden keinerlei Spuren gab. »Und Velours auch nicht.«

»Wie ich sagte, er muss mit der Band bis zum Schluss durchspielen. Sie haben um Mitternacht Barschluss.«

Als hätte sie auf ihren Einsatz gewartet, schlug die Uhr einer Kirche elf Mal. »Noch eine Stunde.«

Libby folgte Margot über die Promenade, bevor sie den Laden gegenüber betraten. Es war Sämus Souvenirshop mit dem Schmuck aus der Region und den Strickmützen.

»'n Abend, Gotty.«

Was für eine besondere Abkürzung, dachte Libby und sah erstaunt zu, dass Sämu Spychiger Margot auf den Mund küsste. Sie stellte ihren Freund kurz vor.

»Sämu – Libby.«

»Wir kennen uns.«

Libby berührte die Brosche an ihrem Kragen, Sämus Lächeln war angespannt. Ihm war nicht geheuer, aber das Leben war nun mal kein Ponyhof.

Sie nahmen vor dem Fenster auf zwei vorbereiteten Plastikstühlen Platz, zwischen dem Ständer mit den handgeschnitzten Saanengeissli und den Trachtenbroschen. Auf einem weiteren Stuhl lag ein Teller mit Käse und Trockenfleisch sowie Birnenmarmelade.

»Für euch, falls ihr Hunger habt. Mein Handy habe ich drüben im Juwelierladen unauffällig zwischen zwei Regalen auf den Boden gelegt.«

Sämu war mit einem Zweit-Badge, den er zum Blumengießen hatte, hineingekommen. So war das in einem Dorf, ob Juwelier oder Souvenirhändler, man achtete aufeinander.

»Die Software ist installiert. Jetzt müssten wir das nur noch mit deinem Gerät connecten.«

Genau wie Noah Libby erklärt hatte.

Sie legte das Handy hin, und Sämu verband beide. Darauf verzog er sich ins Hinterzimmer.

Margot schnitzte an einem Stück Holz herum, Libby nahm ihr Strickzeug hervor. Sie beendete auch die blaue Mütze und vernähte den letzten Faden. Dann wartete sie.

Draußen schneite es immer weiter, auf der Promenade waren ihre Spuren bald nicht mehr zu sehen, so wie Libby sich das erhofft hatte.

Margot räusperte sich. »Meinst du …?«

»Todsicher«, sagte Libby. »Ich habe lange darüber nachgedacht und bin zu dem Schluss gekommen, dass selbst der smarte Marc Split nur ein Rädchen im Getriebe ist.«

In dem Moment wurde auf dem Fußweg vor dem Gebäude gegenüber eine korpulente Gestalt sichtbar. Es war unzweifelhaft Remo Split. Er blieb stehen und sah sich um. So geduckt, so voller angestauter Gefühle. Schließlich holte er seinen Badge heraus und machte sich daran, die Ladentür zu entriegeln. Dann verschwand er im Haus.

»Gleich kommt Velours.«

Obwohl Libby sicher gewesen war, dass ihre Gedanken richtig waren, war sie überrascht, als einige Minuten später tatsächlich wie aus dem Nichts eine weitere Gestalt vor dem Juwelierschaufenster auftauchte.

Margot neben ihr japste auf.

»Pscht!«

Die Gestalt trug einen Umhang und eine Maske, sie wirkte wachsam. Die Mauern bildeten einen kleinen Windfang, darum war sie geschützt.

»Hat er uns gesehen?«

»Wie könnte er?«

Hoffentlich geht er hinein, dachte Libby. Wenn die zwei draußen sprachen, würden sie nichts hören. Und ein Foto würde nicht reichen.

Aber jetzt trat Remo Split sogar wieder aus dem Laden heraus. Als er bei Velours stand, gab es eine kurze Unterhaltung.

»Brechen wir ab«, sagte Margot. »Sämu soll den Dorfpolizisten rufen, er hat ihn vorgewarnt. Und der ist nicht wie die Bupos, der glaubt dir, besonders nach dem Tipp mit dem Journalisten.«

»Nein«, sagte Libby. »Ich gebe noch nicht auf. Die müssen sich den Schmuck im Trockenen ansehen, das ist doch logisch. Und ich muss sie sprechen hören.«

Tatsächlich begann Velours zu gestikulieren, und schließlich schickten sie sich an, in den Laden zu gehen. Einen Augenblick sah man beide im Profil.

»Jetzt!«, flüsterte Libby.

Margot schoss in schneller Folge einige Polaroid-Fotos. Ohne Blitz natürlich, aber wegen des Schnees war es draußen beinahe taghell.

Die beiden Männer verschwanden. Noahs Handy neben dem Trockenfleisch knackte ein wenig, die Goofehüeti-App hatte sich eingeschaltet. Margot legte ihr Handy daneben und tippte auf Tonaufnahme. Gleich darauf ertönte eine Stimme, kurz und unverständlich. Nun war ein Schleifen zu hören, dann ein Rascheln. Schließlich eine weitere Stimme. Tief, warm. Wie Samt. Velours.

»Remo? Ist es das Original?« Er hatte astreines Deutsch gesprochen, ohne jeglichen Akzent. Das war unerwartet.

Libbys Gedanken überschlugen sich. Wie passte das in ihre Theorie?

Margot packte ihre Hand. »Was wir hier tun, ist verboten.«

»Not macht erfinderisch«, antwortete Libby.

Dass ihr Vorgehen datenschutztechnisch im Graubereich war, damit würde sich dann die Polizei auseinandersetzen müssen.

Ein Klicken, ein gläserner Nachhall. Juwelen auf der Vitrine, Libby konnte es sich vorstellen.

»Gib mir noch eine Minute.« Das war Remo Split.

Atemgeräusch. Ein neues Schleifen. Schließlich ein Kratzen, dazu schweres Atmen. Eine Pause. Dann wieder Remo:

»Nein. Sorry. Das Còllier ist eine Kopie.«

»Was? Aber Marc hat das Original geliefert und im Tresor vom Diane deponiert.«

Ein Beweis, dass Marc nicht Velours ist, dachte Libby. So würde er nicht von sich sprechen.

»Dann hat er eben gelogen.«

Ein schweres Schweigen. Es war Libby, als könnte sie Remo Splits Gedanken hören, der seinen Bruder übers Ohr hauen wollte. Um endlich mal der Erste zu sein.

»Du hast eine Kopie geklaut, das darf doch nicht wahr sein. Du hast dich getäuscht.« Zum ersten Mal hatte sie ihn länger sprechen hören.

Ein Knall, als ob ein Stuhl durch die Gegend geschleudert würde. Dann wieder Velours. »Daran bist du schuld, Remo. Kontrolliere gut, hab ich gesagt. Marc ist smart. Sonst wäre er nicht zehn Mal so reich wie du. Er muss das Original haben.«

»Nein, hat er nicht. Der Mini-Safe war auch leer, und das wusste er nicht.«

Diesmal war es ein Grollen, gefolgt von Klirren. »Arschloch! Du lügst!« Velours klang nicht mehr so samten.

»Hör auf, wir müssen jetzt überlegen, und zwar schnell. Wo ist das Collier? Irgendwo ist ein Fehler passiert.«

Noch einmal ließ Libby sich die Unterhaltung in der Fromagerie durch den Kopf gehen. Die Stimme der sprechenden Person, mit den gedehnten Vokalen und dem Akzent. Es war nicht István Toths Ungarisch gewesen, nicht Marc Splits Französisch.

War es Remo Splits Berner Oberländer Dialekt gewesen? Aber er rollte sein R nicht in der Kehle, sondern mit der Zunge. Und Libby wusste vom Chor sehr genau, wie schwierig es war, ein Zungen-R in ein Kehlen-R zu verwandeln. Das traute sie dem ungelenken Remo Split schlicht nicht zu.

»Libby, was sollen wir tun?«, flüsterte Margot. »Die prügeln sich gleich.«

Hatten sie genug belastendes Material? Sie hatten ohnehin keine Wahl, denn gegenüber schepperte es.

»Also gut! Ruf die Polizei.«

Margot hatte die Nummer gespeichert. Wie aus dem Nichts stand nun auch Sämu da. »Mein Einsatz?«

»Ich komme mit«, meinte Libby. »Wir müssen sie nur aufhalten, bis die Hilfe da ist.«

Nicht den Bruchteil einer Sekunde zu früh hatten sie den Laden verlassen. Libby hakte sich bei Sämu ein, und in dem Moment trat drüben auch Velours auf die Straße. Mit seinem Umhang und der Maske sah er furchterregend aus.

Sämu ließ sich nicht beirren und grüßte ihn freundlich. »Hoppla. Hat Remo Split so spät noch Kundschaft?«

»Ein besonderes Geschäft, diese Edelsteine.«

Velours blickte Libby an. Ohne dass er die Maske hochschob, fiel das allerletzte Puzzleteil an seinen Platz. Sie betete innerlich, dass Margot den Polizisten erwischt hatte. Vom Posten bis hier waren es vielleicht drei Minuten, wobei die Straßenverhältnisse ein Problem sein könnten.

22

Monsieur Velours!« Sie nickte ihm zu. »Oder besser: Adrien, der Bassist. Eine kluge Verkleidung. Als Musiker kamen Sie überall hinein. Ist der Ball zu Ende?«

»Natürlich.« Adrien tat, als müsse er überlegen. »Wohnen Sie nicht im Angestelltenhaus?«

»Doch.«

»Was tun Sie dann hier?« Er blickte von Libby zu Sämu und zum Schaufenster des Souvenirshops, wo Margots Silhouette deutlich zu sehen war. Plötzlich griff er in die Tasche des Umhangs, holte aus und schmetterte einen Hammer in Richtung Sämu. Der wurde an der Schulter getroffen. Er taumelte und ging in die Knie, bis er schließlich umfiel. Nun stand Libby ganz allein da.

Adrien hob den Hammer auf und steckte ihn wieder in den Umhang. »Sie verdammte Schabracke. Wo ist das Original?«

»Ich weiß es nicht.«

Er packte Libbys Arm.

Sie wählte die einzige Waffe, die ihr zur Verfügung stand. Ihre Worte.

»Wie alt waren Sie, als Nina Kandinsky ermordet wurde?«

Die Frage brachte ihn kurz aus dem Konzept, er rutschte auf dem Schnee aus. Trotzdem behielt er Libby fest in seinem Griff.

»Was für eine Relevanz soll das haben?«

»Ich denke, dass Sie schon damals Ihr Unwesen getrieben haben. Vielleicht war Nina Kandinsky gar Ihr erster Fall.«

»Bullshit.« Er verdrehte ihren Arm noch stärker und führte sie bis zum Juweliergeschäft, bei dem die Tür halb offen stand. Dort stieß er Libby hinein und machte hinter sich zu. Er wollte sie als Geisel, das war ihr sofort klar.

Roh platzierte er sie auf den Besucherstuhl neben dem Tresen und begann, ihre Arme mit einem Seil, das er aus dem Rucksack geholt hatte, an der Lehne festzubinden. Eine Notbeleuchtung war angegangen und tauchte den Raum in kaltblaues Licht. Von Remo war nichts zu sehen, der schien eine Hintertür benutzt zu haben.

»Und was ist Ihr Plan?«, fragte sie, als Adrien fertig war.

»Ich will das Original-Collier. Und Sie helfen mir dabei.«

Das Seil schnitt in ihre Haut, sie kam da nicht mehr weg. Sie konnte nur hoffen, dass Sämus Handy immer noch eingeschaltet war und alles aufnahm.

»Den Laden gab es schon zu Ninas Zeiten. Remo hieß aber damals noch Spychiger und war ein Kind. War er der Dieb? Hat er Ninas Schmuck geraubt?«

Adrien war dabei, auch ihre Füße festzuzurren. »So was könnte er nie. Er hat mir nur das Chalet beschrieben. Ich wäre über den Hintereingang rein, mein Plan war wasserdicht. Aber irgend so ein Arschloch kam mir zuvor.«

»Und das hat Sie gekränkt?«

Er stand nun vor ihr. »Wie würden Sie sich fühlen, wenn man Ihnen die Beute vor der Nase wegschnappt?«

»Nicht gut«, antwortete Libby. »Es ging mir mal so in meinem Chor. Ein Solo, genau auf mich zugeschnitten, und dann bekam es Helen. Die ist auch im Krimiklub.«

Das schien Adrien zu erreichen. »Es war nicht fair, die Vorbereitung hat Monate gedauert. Und danach war mein ganzes Geld weg. Ich war jung und hungrig und wollte mehr.«

Libby holte Luft. »In der Folge haben Sie sich auf die Schmuckabteilungen von Warenhäusern spezialisiert.«

»Ich bin noch mal zurück auf Zero und habe ganz unten angefangen.«

Als wäre er ein Held. »Und später haben Sie doch einige große Coups gemacht.« So hatte es Noah formuliert.

»Danke für die Blumen.« Eitel war er. Und flink, Libby konnte sich nicht mehr rühren.

»Hätte es auch die Möglichkeit für einen normalen Job gegeben?«

»Sicher nicht. Ich komme aus dem Moulins, einem Quartier in Marseille. Mein Vater war tot, meine Mutter arbeitslos. Sie hätten ihre Augen sehen sollen, als ich ihr zum ersten Mal mehr Geld heimbrachte, als sie im Monat verdienen konnte.«

Aus den Banlieues hatte er sich zum sprachbegabten Meisterjuwelendieb hochgearbeitet. Es war keine Rechtfertigung seiner Taten, zumal er mindestens drei Todesfälle zu verantworten hatte. »Wieso die Maske?«

Er richtete sich auf und fuhr sich über den seidenen

Stoff. »Ist das nicht offensichtlich? Sie ist Schutz und Signatur zugleich.«

»Und was ist in Amsterdam passiert?«

Er wandte sich zum Tresen und begann, Schubladen herauszuziehen. »Ich wollte einen der Cullinan-Splitter. Alle berühmten Juwelendiebe wollten einen. Die Splits kannte ich ja schon. Ich hatte von Tiffys Plänen gehört.«

Er leerte den Inhalt der Schubladen auf den Boden, die Geräusche des fallenden Schmucks übertönten eine Polizeisirene.

»Sie haben zusammengearbeitet. Und doch haben Sie ihn aus dem Fenster gestoßen.«

Adrien machte einen Laut. »Dieser Idiot wollte fliehen und hat sich zu weit vorgebeugt. Er war selbst schuld an seinem Tod. Und dann hat er mir auch noch das Collier weggenommen und ist damit in der Gracht versunken.«

Die Wut darüber ließ er an einer weiteren Vitrine aus.

»Sie haben sich an Remo gewandt. Er sollte die Scharte seines toten Bruders auswetzen. Als für die Schmuckausstellung hier das Collier ins Spiel kam, ergab sich nach Jahren endlich eine Gelegenheit.«

»Es war ein Fehler. Ich hätte ihm von Anfang an nicht trauen sollen. Traue nie einem Split!«

Er holte den Hammer erneut aus seinem Umhang und begann, sämtliche Vitrinen zu zertrümmern. Libby duckte sich, so gut es ging, um den herumfliegenden Splittern auszuweichen.

»Er hat so getan, als wäre er auf meiner Seite. Und dabei wollte er mich nur in eine Falle locken.«

»Sie haben ihn gestern verprügelt.«

»Danach hat er mich angerufen und gesprochen wie ein Irrer. Der ist durchgeknallt, der Typ.«

In dem Punkt irrte er sich. »Das war nicht Remo. Ich denke, da sind Sie auf jemanden hereingefallen.«

Ein erneuter Ausbruch, schlimmer als alle zuvor. Libby wurde von einem Splitter getroffen. Warme Flüssigkeit lief ihr die Wange hinunter. Hoffentlich kamen die bald.

»Und was war mit dem Bassisten aus Lyon?«

»Ich musste ja irgendwie ins Palace reinkommen. Die Harmonists schienen mir ideal. Bass spielen ist mein Hobby.«

»Und Sie haben ihn in eine Mülltonne gesteckt? Die Polizei von Grenoble hat seine Leiche gefunden. Er ist erstickt.«

»Was kann ich dafür, wenn er da reinfällt.«

Er schob es immer auf andere.

»Und von Ihnen keine Spur. Auf Samtpfoten schleichen Sie weg und hinterlassen nur einen Beutel.«

»So ein Blödsinn. Meine Signatur ist die Maske. Das andere haben die mir angedichtet. Scheißkatzen. Ich habe eine Allergie gegen die Viecher.« Er hielt inne. Einen Moment lang war es still. Bis auf das Knacken von Libbys Hüfte. Er kam auf sie zu. »Wo ist das Original? Der Cullinan 10? Sie wissen es doch.«

Seine Maske war verrutscht. Libby blickte ihm in die dunklen, brennenden Augen.

»Oben im Chalet Esmeralda. Marc Split hat ein dreifaches Sicherheitssystem aufgebaut. Den Schlüssel hat er über Architekt Kronenberg erhalten.«

Adrien starrte sie an. »Sie lügen. Der Cullinan liegt im Safe vom Palace, unten in der Fromagerie.«

»Das sollen alle denken. Die eine Kopie ist bei der Gattin des Premierministers, die andere haben Sie aus dem Chalet Diane gestohlen und dabei Nils Steinmann aus dem Fenster gestürzt, der Safe im Alpina ist so leer wie der hier. Bleibt nur noch das Esmeralda.«

23

Der Morgen graute bereits, als Libby vom Kurzen persönlich zum Angestelltenhaus Nummer sieben begleitet wurde. Auf ihrer Stirn klebte ein Pflaster, und ihre Handgelenke waren aufgescheuert, ansonsten war alles an ihr intakt.

Adrien Blanc, wie er hieß, in Juwelenraub-Kreisen auch als Velours bekannt, war gefasst worden, in flagranti, vor dem leeren Safe im Esmeralda. Dass es wieder der Gstaader Dorfpolizist gewesen war, der die schnellste Abkürzung kannte und als Erster vor Ort gewesen war, freute Libby besonders. Adrien Blanc saß nun in Untersuchungshaft. Mehr hatte sie nicht herausbekommen. Sie hoffte, dass die Handyaufzeichnung und die Polaroids ein wichtiges Indiz sein würden. Die Kriminaltechnik würde im Diane noch gezielter nach Spuren suchen. Adriens Alibis mussten anfechtbar sein.

Libby hatte getan, was sie konnte. Zum Schluss hatte sie sogar bei Sämu, der sich erstaunlich schnell von Adriens Schlag erholt hatte, noch einige Einkäufe getätigt und Noahs Handy wieder mitgenommen. Es blieb nur noch eine Sache offen. Die Identität des Anrufers.

Sie betrat die kleine Wohnung, in der sie kurz, aber gut geschlafen hatte. Die Katze saß hinter der Tür und miaute. Libby griff in ihre Tasche und holte den Beutel heraus.

»Das ist für dich. Hat deine Herrin für dich gekauft.«

In der Küche fand sie eine Schere. Sie öffnete den Beutel und quetschte den Inhalt in eine Porzellanschale. Statt sich darauf zu stürzen, kreiste die Katze einmal darum herum, bevor sie sich setzte. Ihre Schnurrbarthaare zitterten.

»Dann warten wir halt.«

Libby holte Geschirr aus dem Schrank. Sie fand sogar Pfefferminztee. Auf dem Tresen lag die Schale mit dem Modeschmuck. Etwas glitzerte.

Die Tür ging auf. Es war Lara. Sie steckte in einem schwarzen Trainingsanzug, als ob sie gerade vom Laufen käme. Um die Schulter hatte sie ein Seil geschlungen. Am Hals war die Tätowierung sichtbar. Bei Libbys Anblick zuckte sie zusammen.

»Ich dachte, Sie schlafen.«

»Ich bin eben erst heimgekommen.« Libby deutete auf die Katze. »Ich glaube, sie wartet auf Ihre Erlaubnis.«

Laras Blick ging zum leeren Beutel.

»Keine Sorge«, sagte Libby. »Es ist das Übliche. Sie hatten es im Garten vom Diane vergessen.«

Lara schluckte. »Iss, Tiffy.«

Tiffy war der Name der Katze. Sie ließ es sich nicht zweimal sagen und begann zu schlingen.

Laras Bildschirmschoner fiel Libby ein, das Foto vom Papa mit dem kleinen Mädchen. Sie ging zum Wasserkocher.

»Mögen Sie einen Tee? Vermutlich hatten Sie ja eine lange Nacht.«

Sie drückte den Schalter, das Geräusch ertönte. Zusammen lauschten sie, bis das Wasser zu kochen anfing.

»Sie klettern?«

»Seit ich ein Kind bin.«

»So eine Hausmauer eines Gstaader Chalets würden Sie schaffen?«

Lara nickte. »Nachts. Wenn mich keiner sieht.«

»Wo haben Sie das gelernt? In Holland gibt's wenig Hügel.«

»Aber einen Kletterpark. Wir wohnten direkt nebendran.«

»In dem Haus an der Gracht.«

»Davor.«

»Ihr Vater war Tiffy, oder? Darum tragen Sie als Tätowierung einen Lampenschirm. – Hat er mit Velours zusammengearbeitet?«

Stille. Dann: »Ein verdammtes Mal.«

»Es tut mir sehr leid.«

»Mir auch.«

Das Wasser war bereit, und Libby goss es über die Beutel. »Beim Klettern ist Schmuck ein Problem, nicht wahr?«

»Man muss ihn vorher ausziehen.«

»Vielleicht wäre dann weniger mehr.« Libby blickte zur Schale mit dem Modeschmuck. »So ein Collier wie dieses könnte gefährlich werden.«

Sie zeigte auf eine Kette aus Weißgold, deren zarte Glieder mit Brillanten bestückt waren. Am Ende war ein tropfenförmiger, klarer Diamant in einer feinen Fassung befestigt.

»Ich denke, die Kinder von der Premiersfamilie hätten ihre Freude daran. Ich werde sie gleich zum Frühstück treffen. Dürfte ich es ihnen mitbringen? Sie können es

Marc Split zurückgeben, und der bringt es wieder in den Tower, wo es hingehört.«

Lara rührte in ihrem Tee.

»Ich hätte auch einen Ersatz für Sie.« Libby griff an den Kragen ihres Lodencapes und machte die Brosche ab. »Mit dem Palace vorn drauf, dem Symbol aus der Region. Damit es Sie immer an Tonino erinnert und an István. An mich und Noah und all die anderen Freunde, die Sie gewonnen haben.«

Lara nahm die Brosche an. Dann ging sie zur Schale, suchte das Collier heraus und hängte es über ihre Handkante. Es funkelte und schimmerte im Morgenlicht. Tiefes Grün und weißes Gold. Der Unterschied zur Kopie war kristallklar zu erkennen.

»Sie haben es geschafft, Lara«, sagte Libby. »Velours sitzt in Untersuchungshaft. Obwohl sich Remo freiwillig gestellt hat, wird auch er eine Anklage bekommen, er hat Informationen weitergegeben, das macht ihn zum Mittäter. Es war seine Stimme, die Sie bei dem Telefonat in der Fromagerie mit Velours imitiert haben, nicht wahr? Erst dachte ich, Sie wären Nils. Dann hielt ich Sie für István oder Marc. Aber Marc ist im Kern ein Guter, stimmt's? Ihr Onkel. Er hat sehr liebevoll von Ihnen gesprochen. Vielleicht könnte er ein guter Ersatzvater sein.«

Ein Laut wie ein unterdrücktes Schluchzen.

»Sie haben sich für Remo ausgegeben«, fuhr Libby fort. »Nur mit dem R hat es ein wenig gehapert. Ich hab's gemerkt, aber Velours hat's geglaubt.«

Lara verzog keine Miene, und Libby sprach weiter. Sie war gerade so im Schuss. »Ich finde, Sie sollten weiter mit Kindern arbeiten. Mein Ziehenkel ist auf jeden Fall Fan von Ihnen. Und die anderen auch. Es sind immerhin die Kinder des Premierspaares von England. Also nicht niemand.«

Lara gab sich einen Ruck und drückte Libby das Collier in die Hand.

»Danke, Frau Andersch«, murmelte sie in ihrem Deutsch mit den langen Vokalen und dem eleganten R.

24

Es war Sonntag gegen Mittag. Die Premiers waren abgereist, nachdem die Kinder und Noah ihre Handynummern ausgetauscht und sich für die nächsten Ferien verabredet hatten. Noah war noch nie in London gewesen, und sie würden ihm alles zeigen. Zum Abschied hatte die Gattin Libby die Hand gedrückt.

»Danke«, hatte sie gesagt. »Und das Autogramm habe ich nicht vergessen.«

Beide Frauen wussten, was damit gemeint war.

»Komm, Tante Andersch, wir müssen zur Live-Sendung.«

Esme hatte das Equipment im Salle Bridge aufgebaut. Zuvor hatte es eine Diskussion darüber gegeben, ob es nicht pietätlos sei, die Sendung nach Nils' Tod durchzuführen. Schließlich hatte sich Esmes Chefredakteur eingeschaltet. Man könne die vielen Tausend Zuhörer, die den Trailer gehört hätten, nicht enttäuschen. Er erwarte lediglich eine zurückhaltende Moderation.

»Bereit?«, fragte Esme.

Sie nahmen auf den Stühlen vor den Mikrofonen Platz und setzten die Kopfhörer auf.

»Drei, zwei, eins, *go*!«

Esme spielte den Trailer ab: *»Krimiklub – wahre Verbrechen. Heute: Der Raubmord an Nina Kandinsky. Das Finale.«*

Danach begann sie zu sprechen. *»Hallo und herzlich willkommen zu einer Advents-Sondersendung des Krimiklubs. In den letzten Tagen haben Sie die Teilnehmenden unseres Wettbewerbs auf ihrer winterlichen Reise durch Gstaad begleitet. Können sie Licht in den längst ad acta gelegten Cold Case um den Raubmord an der Künstlerwitwe Nina Kandinsky bringen? – Das war die große Frage. Die Antworten bekommen Sie nun von Nils Steinmann.«*

Daraufhin ließ sie den Beitrag laufen, den Nils noch angefangen und Esme in der Nacht beendet hatte. Man erfuhr Ninas Hintergründe, den möglichen Tathergang, einiges über die damalige, ambivalente Polizeiarbeit. Höhepunkt waren die Statements aller Finalisten mit den verschiedenen Varianten, wie es gewesen sein könnte.

Zum Schluss war wieder Nils' Stimme zu hören. *»Es gibt keine eindeutige Lösung, wie meist im Leben. Am wichtigsten scheint mir, dass Nina Kandinsky in ihren letzten Jahren in Gstaad eine schöne Zeit gehabt hat und ein akzeptiertes Mitglied der Gemeinschaft war.«*

Das klang versöhnlich. Libby hätte es Nils gar nicht zugetraut.

Wir sind manchmal so blind, dachte sie und stand leise auf.

»Und nun kommen wir zum Publikumsvoting. Helen, was denkst du, wie liegst du im Rennen?«

Während Esme mit allen sprach, ging Libby zur Tür. Sie kannten das Ergebnis. Helen wurde Dritte, weil sie die Geschichte von Wallis Simpson und Ninas Fall verknüpft hatte. Noah wurde Zweiter. Er war der Einzige, der den Düngerbeuteln eine neue Interpretation gegeben hatte. Sie seien aus Versehen gekauft worden, in Wirklichkeit hätte da drin Katzenfutter sein sollen. Das Publikum hatte ihm dafür die meisten Stimmen gegeben. Er würde auch das Wochenende im Hotel gewinnen, denn der erste Preis wurde posthum an Nils Steinmann verliehen. Nicht für den Kandinsky-Fall, sondern für sein Lebenswerk als Journalist.

Libby durchquerte die Lobbybar. Das Mädchen im Sessel war abgereist, jetzt saß ein älterer Herr darin und las Zeitung. An Britta von Allmen vorbei, die gerade einen aufgeregten Gast beruhigte, ging Libby zur Fensterfront. Sie öffnete eine Flügeltür und trat auf die Terrasse hinaus.

Der Schneesturm von gestern war einem pastellblauen Himmel gewichen. Die Wipfel der Tannen streckten sich nach oben. Die Luft war klar und prickelnd.

Tief atmete Libby ein. Danach schlug sie das Cape um sich. Sie würde zu Fuß zum Bahnhof gehen.

Epilog

Einige Wochen später.

Es war Montagabend, kurz vor sieben Uhr. Libby war in die Zeitung vertieft, als es an der Tür Sturm klingelte. Noahs Markenzeichen.

»Hallo, Tante Andersch. Darf ich bei dir den Krimiklub hören?«

»Und die Probezeit? Hast du keine Hausaufgaben?«

Doch Noah hatte bereits das Radio angemacht. Bevor Libby die Zeitung zusammenklappte, las sie einen kurzen Artikel zum zweiten Mal. Er betraf ein Sicherheitsabkommen zwischen der Schweiz und England, das nach zähen Verhandlungen zustande gekommen war. Ein wichtiger Faktor sei das Votum der Gattin des Premierministers gewesen.

Libby lächelte fein, packte ihr Strickzeug und setzte sich zu Noah an den Tisch. Gleich darauf ertönte das jazzige Signet mit der Ankündigung der Sendung: *»Krimiklub – ungelöste Verbrechen. Heute: Der mysteriöse Fall am Rhein.«*

Dank

Ich bin ein Fan von Juwelenraub-Geschichten. Als Kind war mir sehr klar, wen ich gespielt hätte, hätte man mich in *Über den Dächern von Nizza* besetzt. Jedenfalls nicht die reiche, junge Amerikanerin. Als dann die Idee aufkam, meine Hobbydetektivin Libby Andersch nach Gstaad ins Hotel Palace zu schicken, drängten sich die Juwelen geradezu auf. Und wie das Autorinnenleben so spielt, ist mir Nina Kandinskys tragisches Ende vor die Tasten gefallen. Ich habe alles über Nina gelesen, was ich finden konnte, eingeschlossen die im Buch erwähnte, bei Kindler verlegte und längst vergriffene Biografie. Daraus entstand einmal mehr der Wunsch, Gegenwart und Vergangenheit miteinander zu verweben.

Ich bedanke mich sehr herzlich bei allen, die mir dabei geholfen haben. Besonders hervorheben möchte ich Larina Meyer, Marketing Coordinator des Hotel Palace. Ich bekam viel mehr als eine Führung. Es war Inspiration pur!

Ein weiterer Dank geht an meine Erstlesenden Nicole und Magdalena und an meine Söhne, die den Text auf die »Heist«-Tauglichkeit überprüft haben, sowie an »Das Buch-Büro« für die großartige Unterstützung beim Marketing.

Dazu an meine Lektorin Susann Säuberlich, – *we did it again!* –, die Teams vom Kampa und vom Dörlemann

Verlag, insbesondere Christina Müller und Daniel Kampa.

Der größte Dank geht an euch, liebes Lesepublikum, dass ihr Libby auf ein weiteres Abenteuer folgt.

Bitte beachten Sie auch die folgenden Seiten.

Mörderische Tour de Suisse

GENFERSEE

Gabriela Kasperski

Endstation Genfersee

Ein Fall für Libby Andersch

Kriminalroman

Als die scharfsinnige Rentnerin Libby Andersch gemeinsam mit dem Nachbarsbub Noah einer Einladung an den Genfer See folgt, merkt sie schnell, dass ihre Gastgeberin Hintergedanken hat. Und tatsächlich macht sich Odette Meisner, für die Libby einst als Kindermädchen gearbeitet hat, Sorgen, ihr kürzlich verstorbener Mann Charles könnte ermordet worden sein.
Offenbar besteht ein Zusammenhang mit örtlichen Streitereien um den öffentlichen Zugang zum See. Die tatkräftige Serenella Balmelli, Sprecherin einer Genossenschaftssiedlung, setzt sich dafür ein, einige Villenbesitzer sind dagegen. Als bei einem Konzert auf dem alten Dampfer La Suisse ein Anschlag passiert, fällt der Verdacht auf die Aktivistin Balmelli. Nur Libby ahnt, dass weit mehr dahintersteckt. Kann sie die wahren Verhältnisse aufdecken und einen weiteren Mord verhindern?

ALIBI

OKTOPUS VERLAG

Gabriela Kasperski

Mord im Grand Hotel Matterhorn

Ein Fall für Libby Andersch

Kriminalroman

Seine besten Zeiten hat das Grand Hotel Matterhorn hinter sich. Ohnehin ließe es sich als Mogelpackung bezeichnen: Eine Sonnenterrasse mit Panoramasicht hat es nie gegeben; um einen Blick auf den bekanntesten Berg Europas zu erhaschen, dem es seinen Namen verdankt, müssen die Gäste mit einem Sessellift in die Höhe fahren – und auf gutes Wetter hoffen. Die rüstige Rentnerin Libby Andersch und ihren elfjährigen Nachbarsjungen Noah hat es eher unfreiwillig hierher verschlagen. Eigentlich wollen sie mit dem Glacier Express bis nach Zermatt reisen, doch ein Schneesturm verhindert die Weiterfahrt. Mit ihnen gestrandet ist eine Filmcrew, die kurzerhand umdisponiert und statt in einem exquisiten Belle-Époque-Haus in dem stillgelegten Berghotel dreht. Bis die Hauptdarstellerin Gwendolin mit gebrochenem Genick im Foyer liegt. Da das Hotel vollends eingeschneit und von der Außenwelt abgeschnitten ist, bleibt den Anwesenden nicht viel mehr, als sich gegenseitig zu verdächtigen. Libby Anderschs Spürsinn ist gefragt!